KB237356

문자메시지 길을잃다

# 문자메시지 길을 잃다

정이수 산문집

선우미디어

가을! 그 한복판에 서 있다.

해마다 이맘때가 되면 한바탕 가슴앓이를 한다. 그런데 올해는 여느 해의 그것과 사뭇 다르다. 준비 없이 맞이한 이별처럼 시도 때도 없이 울컥댄다. 품에서 무엇을 떠나보낸다는 것은 이렇게 서러운 일인가 보다. 공원의 은행나무도 때가 되면 알갱이를 털어내고 홀가분하게 서 있는데, 나는 왜 이렇게 떠나보내는 것에 서툰 것일까.

품안의 그것들을 겨우 떼어 놓고 훌쩍 여행길에 올랐다. 아직 설익은 모습으로 가을빛을 수놓고 있는 단풍잎이 내 마음을 닮아 있다. 절정에 들 때쯤이면 부끄러움이 조금 가시려나? 해운대 바닷가에서, 직지사를 오르는 길목에서 난 자꾸만 어디론가 숨고 싶었다.

능여대사(能如大師)는 직지사를 건축할 때 자(尺)를 쓰지 않고, 직접 자기 손으로 측량해서 지었다고 한다. 어느 경지에 들면 눈대중만으로도 정확한 모양을 그려 낼 수 있을까.

십여 년을 보듬고 있던 분신 같은 글들을 이제야 내놓는다. 발가

벗겨지는 느낌이다. 하지만 부끄러운 몸짓은 이번 한 번으로 끝냈으면 좋겠다. 다음, 그 다음에는 당당하게, 자신 있게 나를 내보이고 싶다. 생각해 보니 참 많이도 나를 틀에 가두고, 필요 이상으로 자(尺)를 들이대며 살았지 싶다. 지나친 겸손은 오만이라고 했다. 이제부터라도 제대로 사랑하는 법을 배워야겠다. 글쟁이로서 나를 사랑할 수 있게.

직지사 경내를 둘러보는 문우들의 모습이 가을볕에 익어가는 단풍처럼 환하다. 더불어 즐겁다. 자로 잴 수 없는 작은 행복감이다. 풍경(風磬)처럼 처마 끝에 매달려 갈바람에 몸을 뒤채고 있는 곶감, 이 수필집이 곶감처럼 많은 사람들에게 달달하고 쫀득한 맛으로 기억되길 바라는 마음 간절하다.

수필집이 나오기까지 애정을 가지고 보듬어 주신 지도교수님, 문학회 친구들, 그리고 사랑하는 가족에게 고마운 마음을 전합니다.

2009년  가을

정이수

## 차례



# #월요일 풍경

# #그놈은 멋졌다



# #꼴값

# #카페, 허탕골 딸부잣집



# #몽돌의 노래

# #스물 즈음 -콩트

# \#월요일 풍경

# 월요일 풍경

지금 생각해 보니 그렇게 마냥 좋아할 일만도 아니었다. 열일곱 권의 책을 받아 들고 횡재를 한 것처럼 흥분했었는데, 책 읽기가 끝나자 뭔가 소중한 걸 잃은 듯 가슴 한 구석이 허전하기만 했다.

그를 처음 만난 이후, 나는 월요일만 되면 습관처럼 그곳을 기웃거리곤 했다. 월요병은 직장인에게만 있는 것이 아닌 듯, 내게도 그 비슷한 증세가 생겼던 게다. 직장인의 월요일이 휴일 후유증으로 나른하고 업무 능률이 하향곡선을 그리는 날이라면, 내게 있어 월요일은 한 주를 시작하며 수직의 상승곡선을 그리는 비 온 뒤 맑음 같은 그런 날이었다. 그를 만난 다음부터.

월요일이면 어김없이 나타나는 노점의 책장수, 내가 그를 만난 것은 지난해 봄이었다. 그는 노점에서 헌책을 팔고 있었다. 자그마한 키에 동글납작한 얼굴, 사십 대 후반으로 보이는 그는 언제나 사람 좋은 모습을 하고 있었다. 손에는 항시 책을 펼쳐 들고 있었는데 독서하는 그 모습이 퍽이나 인상적이었다. 도로 바깥쪽에 봉고 트럭을 세워 놓고 학습용 백과사전, 위인전, 만화책, 시, 소설책 따위를 팔았다. 동사무소 가는 길에 우연히 골라잡은 시집이 마음에 들면서 나는 시나브로 그의 단골이 되었다.

대부분이 발행한 지 오래된 낡은 책이거나 무명작가들의 책이었다. 그러나 가끔은 양서를 만나기도 했다. 어쩌다 마음에 드는 책을 손에 넣게 되는 날이면 횡재를 한 양 기분이 좋았다. 겉표지만 번지르르한 신간에 담긴 부실한 내용 때문에 불쾌함을 몇 번 경험한 나로서는 대충 읽고 폐기처분해도 좋을 천 원짜리 중고도서가 부담 없어 좋았다. 값이 싸다는 이유로 여러 권의 책을 골라들기도 했지만 볼 만한 책이 없을 땐 제목만 훑어보다가 돌아오는 날도 많았다. 그러다가 월요일이면 반 의무적으로 몇 권의 책을 골라들어야 할 이유가 생겼다.

"야! 오늘 점심 라면 값은 벌었다."

책 두 권의 값, 오백 원짜리 동전 네 개를 건네받으며 환하게 웃는 그를 본 다음부터였다. 내가 낡은 책 한두 권을 골라 선심 쓰듯 내민 몇 푼이 그에게는 한 끼의 양식이 되었던 것이다. 내가 재미로 때론 지적 만족을 얻기 위해 천삼백오십 그램 정도의 작은 뇌 일부분을 채워 갈 때, 그는 허기진 뱃속에 뜨거운 라면 국물을 들이붓고 있었다니! 책을 사들고 돌아오는 발걸음이 자꾸만 허방을 딛는 양 휘청거렸다.

그날 이후 월요일이면 내 손엔 어김없이 몇 권의 중고 책이 들려졌다. 반면 한 번 읽고 폐기되는 책도 늘어만 갔다.

월요일, 헌책과의 만남은 그렇게 계절을 바꿔 가며 이어졌다. 책을 멀리했던 사람도 한 번쯤 책을 펼쳐들게 되는 계절, 가로수 은행잎이 조금씩 물들기 시작하던 초가을의 일이다. 성급하게 떨어진 은행잎의 뒤채는 모습에 마음을 빼앗기며 걸어가고 있을 때였다.

"볼 만한 책이 있으면 모두 골라 가세요. 업종을 바꿔 보려구요."

지나치는 나를 불러 세운 그가 심각한 얼굴로 말했다. 갑작스런 제의에 나는 볼일도 미룬 채 쪼그리고 앉아 책을 고르기 시작했다. 모두 열일곱 권, 친절하게도 그는 배달까지 해주었다. 그리고 업종을 바꿔 영양빵 장사를 시작하려고 하니 그때도 많이 팔아 달라는 당부의 말도 잊지 않았다. 열일곱 권의 책값은 단돈 오천 원, 갈비탕 한 그릇 값밖에 안 되는 작은 금액이었다. 하지만 내게 많은 것을 채워 주었던 열일곱 권의 중고도서는 무엇과도 비교할 수 없는 소중한 재산으로 남아 있다.

책장엔 그때 사들인 헌책들이 신간서적과 나란히 어깨를 겯고 있다. 삶의 진솔한 이야기를 꿰어 모음집을 낸 『40인의 명수필집』, 남편의 밤잠을 설치게 했던 시드니 셸던의 추리소설 시리즈, 풍수

지리에 관심을 갖게 해주었던 『터』, 조정래의 대하소설 『태백산맥』
과 『아리랑』은 군데군데 이가 빠진 줄도 모르고 당당하게 꽂혀있
다.

　책 속에 길이 있다고 했던가. 훈훈한 인정을 고명처럼 얹어 가슴
을 데워주던 이야기들, 그것은 때로 내 삶의 작은 지침서가 되기도
했다. 무엇보다 유명 작가들의 글쓰기 행로를 되짚어 보는 일은 책
을 읽으며 느끼는 묘미 중의 묘미였다. 책갈피 속에 끼워진 나뭇잎
이나 메모지를 보는 것도, 그리고 아무렇게나 휘갈겨 쓴 낙서들을
보는 것도, 어느 꼼꼼한 독자에 의해 밑줄 그어진 명구를 읽는 것
도 헌책을 읽으며 만날 수 있는 또 하나의 즐거움이었다.

　월요일, 난 지금도 그곳을 지나칠 때면 버릇처럼 그가 있던 자리
에 눈길이 머물곤 한다. 하지만 이제 거리에 쪼그리고 앉아 헌책을
고르던 즐거움은 끝났다. 그의 한 끼 양식을 보태주던 작은 즐거움
도 함께 끝났다. 어쩌다 책장에서 헌책을 꺼내들 때면 늘 책을 펼
쳐들고 환하게 웃던 그의 모습이 클로즈업된다.

　책을 통해 만날 수 있었던 노점의 책장수, 그가 있던 자리에 지
금은 싸구려 양말장수가 대신 자리를 차지하고 있다.

　눈이 오려는지 낮게 내려앉은 회색의 겨울 하늘이 더욱 쓸쓸하
게 느껴지는 월요일, 오늘따라 그의 안부가 궁금해진다. 영양빵 장
사는 시작을 했는지.

# 아버지의 발자국

제사를 지내는 동안 아버지는 내내 나만 바라보고 계시는 것 같
았다. 절을 할 때도 술잔을 올릴 때도 십오 년 전, 예순다섯의 모습
으로 그렇게 사진 속에서 바라만 보고 계셨다. 곁에 계신 어머니에
게 눈길조차 보내지 않는 것은 먼저 훌쩍 떠난 것이 미안해서, 아
니면 늙으신 어머니의 모습이 낯설어서일까.

이튿날, 고향 여주에 있는 아버지 묘소에 가기 위해 딸 다섯은
어머니를 모시고 일찌감치 집을 나섰다. 달리는 차 안에서 딸들은
생전의 아버지 이야기로 저마다 목청을 높였다. 용돈 한 번 제대로
못 드린 것이 후회스러운 셋째 딸, 마늘 두 접 받은 것이 마지막
선물이 되었다며 눈물을 찍어내는 큰딸, 들에서 일하고 돌아오실
때면 복숭아며 산딸기를 따다가 자기만 주었다며 사랑의 무게를

저울질하는 막내딸, 모두 아버지에 대한 그리움으로 오래전 고향 집 언저리를 더듬고 있었다. 고향 이야기 속엔 예순다섯 해를 살다 가신 아버지의 희로애락이, 그리고 여섯 남매의 유년의 추억이 고스란히 배어져 있다.

종갓집의 장손이신 아버지는 태(胎)를 묻은 땅을 떠날 수 없다며 묵묵히 고향을 지키셨다. '명산을 지키는 것은 올곧은 아름드리나무가 아니라 잡목'이라고 했듯이, 비록 무학이었지만 천성이 착하고 부지런하셨던 아버지는 농사를 지으며 흙과 더불어 사셨다. 생각해 보면 고향 그 어디에도 아버지의 숨결이 미치지 않은 곳이 없다.

이른 봄부터 가을걷이가 끝날 때까지 아버지는 농사일에 남다른 애정을 쏟으셨다. 마치 자식을 돌보듯 벼 포기 하나, 텃밭의 푸성귀 하나에도 정성을 다하셨다. 하나하나 정성으로 쌓아진 돌담도, 밭 가장자리에 심어진 대추나무며 밤나무들도 모두 아버지의 손길이 닿은 것들이다.

그런데 아버지께서 꼭 한 번 고향을 떠나려 했던 적이 있었다. 막내 작은아버지와의 불화 때문이었다. 그렇게 되기까지는 할머니의 막내아들에 대한 편애가 한몫을 했다. 일손이 부족한 시골에서 할머니는 늘 작은집 일에만 매달리셨다. 그럼에도 불구하고 할머니의 뒷수발은 언제나 어머니 차지였다. 고부간의 갈등은 쌓여만 가고 그 불똥은 늘 아버지에게 튀었다. 아버지는 계속되는 가정불

화를 견디지 못하고 결국 집과 전답을 헐값에 처분하고 말았다.

하지만 고향은 쉽사리 아버지를 놓아주지 않았다. 한발 먼저 작은아버지께서 미국으로 이민을 가기 위해 서류를 준비하고 계셨던 것이다. 아버지는 힘없이 다시 주저앉을 수밖에 없었다. 그러나 버팀목이 되어주었던 많은 전답은 이미 임자가 바뀌었고 몇 달 사이에 오른 땅값은 아버지를 더욱 절망케 했다. 남은 것이라고는 농협의 저금통장과 시제답으로 남겨 두었던 논 닷 마지기가 전부였다. 그나마 비가 와야만 모를 낼 수 있는 천수답이었다. 아버지는 희망의 끈을 놓아버리고 하루하루를 술로 보내셨다. 이빨 빠진 호랑이처럼 예전의 당당하던 모습은 찾아볼 수가 없었다. 어린 시절, 나는 호랑이 같기만 했던 아버지가 빨리 돌아가셨으면 좋겠다고 생각한 적이 있었다. 힘들어하시는 아버지를 뵐 때면 철없던 그 시절이 그립기조차 했다.

아버지는 몸도 마음도 많이 지쳐 있었다. 무엇보다 아버지를 힘들게 했던 것은, 농사를 지으려면 예전의 우리 논밭 옆을 지나다녀야만 했던 일이었다. 아무리 가뭄이 심해도 봄이면 동네에서 제일 먼저 모내기를 하던 상답(上畓), 그 논배미에서 무럭무럭 자라는 벼들을 바라보며 그 앞을 지나다니실 때면 아버지의 마음이 어떠하셨을까. 가뭄으로 타들어 간 천수답의 논바닥만큼이나 아버지의 가슴은 갈라지고 타들어 갔을 것이다.

농기구의 기계화는 그나마 남아 있던 아버지의 자존심을 상하게 했다. 농사철만 되면 부리는 소며 쟁기, 탈곡기 등을 빌려 쓰려고 수시로 사립문을 드나들던 사람들이 경운기, 콤바인 같은 농기구의 보급으로 발걸음이 뜸해졌기 때문이었다. 경운기조차 올라갈 수 없는 천수답을 오르내리면서 후회와 절망감으로 아버지는 등짐보다도 더 무거운 한을 가슴에 안고 다니셨을 것이다.

아버지의 가슴앓이는 결국 몇 년을 버티지 못했다. 울화가 만들어 냈을지도 모를 암세포가 가슴 한구석에 자리 잡고 있을 줄이야. 애써 가꾼 벼가 익어가기 시작하는 초가을, 아버지는 그 벼들보다 먼저 고개를 숙이셨다. 소유했던 것은 물론이고 사랑하는 가족들을 모두 남겨놓고 평생을 함께 했던 흙으로 그렇게 돌아가셨다. 가시고 난 뒤, 벼를 베고 난 마른 논에는 군데군데 아버지의 흔적이 남아 있었다.

'이백오십오 밀리' 자그만 아버지의 발자국……:

이듬해 봄이 되어 농사를 짓기 전까지 어머니는 아버지의 흔적을 찾아 가끔 논바닥을 서성이셨다. 딸 다섯을 낳고 막내로 아들을 낳자 그렇게 좋아하시더니 그 아들에게 물려 줄 변변한 논밭뙈기 하나 없다며 푸념을 하시기도 했다. 다행인 것은 아버지의 유언 아닌 무언의 교훈을 거울삼아 여섯 남매는 넉넉지 않은 가운데서도 욕심 부리지 않고, 아끼고 사랑하며 나눌 줄 알았다. 노력한 만큼 되돌려줄 줄 아는 흙의 정직함도 배웠다. 물질로는 풍요로우면서도 마음밭은 자꾸 황폐해져 가는 사람들 틈에서 여섯 남매가 건재

할 수 있는 것은 아버지의 발자국이 남긴 교훈 때문이 아니었을까.

야트막한 산자락에 자리한 아버지 묘소엔 가신 그날처럼 햇살이 따사롭게 비치고 있었다. 때마침 불어온 바람이 묘소 뒤편에 있는 밤나무 가지를 흔들어댔다. 모진 비바람을 견디어낸 밤송이들이 가슴 가득 아람을 품고 있다. 여문 밤을 품고 있는 오래된 밤나무의 모습, 그것이야말로 고된 농사일에도 끝까지 고향을 지키시던 아버지의 자랑스런 모습은 아닐는지.

# 무경력자의 변(辯)

   21세기 한국을 이끌어나갈 저명인사들에 대한 인명사전을 만든다며 편찬에 필요한 프로필을 보내 달라는 안내문을 받고 잠시 고민했던 적이 있다. 관계, 재계, 학계 등 국가발전과 국민의 복지증진을 위하여 봉사하는 사람들을 발굴, 수록하여 후학들의 귀감이 되고자 한다는 내용이었다. 감수를 받아 수록할 것이라 했으니 보낸다고 해서 다 되는 것은 아닐 테지만, 편찬에 관한 자료 의뢰 안내문을 읽으며 한동안 어리둥절할 수밖에.

   나는 정계나 재계의 저명인사도 아니요, 사회적으로 유명하거나 남다른 봉사활동의 경력이 있는 것도 아니었다. 그나마 문단에 올린 이름 석 자엔 아직 잉크 자국이 채 마르지 않은 신출내기이고 보니 묘한 감정이 일었다. 무(無)경력자라는 이유로 퇴짜를 맞았던 얼마 전의 일이 겹쳐졌다.

학기 초의 일이다. 전일제 교사를 채용한다는 인터넷 광고를 보고 집에서 가까운 초등학교를 찾아간 적이 있었다. 해당 학교 담당 선생님과의 전화 상담에 이어 일차 면담까지는 운 좋게 합격점을 받았다. 그러나 최종 결정자인 교감선생님을 만나 뵙는 순간, 채 몇 분도 안 되어 나의 환상은 깨지고 말았다. 첫마디가 전직 교사 출신이거나 유아교육학과를 졸업했느냐는 것이었다. 나는 그 어느 쪽에도 해당되지 않았다. 우선순위에서 밀려난 내게 면담은 형식적인 것으로 여겨질 만큼 사무적이었다. 전화번호를 남겨 놓고 가면 연락해 주겠다며 예의를 갖추는 교감선생님의 인사치레에 나는 그저 웃을 수밖에.

나름대로 아이들과의 새로운 세계를 꿈꾸며 행복했던 며칠 간의 일들이 허망하게 무너지는 순간이었다. '아이들을 진심으로 사랑하고, 신체 건강하고 활발한 밝은 성격의 소유자면 됩니다.'라던 장학사의 말이 귓전을 훑고 지나갔다. 글쎄다. 내가 그 자격조건의 몇 퍼센트에나 해당될지 알 수 없지만, 아이들을 사랑하고 아끼는 마음은 누구보다 크다고 생각했는데……. 이렇듯 학력이나 무경력이 이유가 되어 시작도 해보기 전에 꿈을 접어야 한다고 생각하니 씁쓸했다. 경력이 아닌, 일에 대한 열정이나 성실함이 그 사람의 이력서가 될 수는 없는 것일까. 누구라도 처음부터 경력이 쌓아지는 것이 아닐 텐데.

20여 년을 숫자와 씨름하는 친구가 있다. 수학선생인 그 친구는 몇 페이지 몇째 줄에 무슨 내용이 나오는가를 훤히 꿴다고 했다.

명문 입시학원에서 스카우트 제의가 들어올 정도라며 언젠가 친구들이 모인 자리에서 자신을 추켜세웠다. 그때는 그냥 흘려들었는데 생각해 보니 대단한 실력이자 경력자임이 분명했다. 책 한 권을 달달 외울 정도라면 그게 어디 하루아침에 이루어질 수 있는 일이던가. 노력과 능력이 더해져 쌓은 경력일 것이다.

그러고 보니 내게도 해를 거듭할수록 더해지는 경력이 하나 있기는 하다. 이력서에 번듯하게 채워 넣을 수 있는 사항은 아니지만 결혼과 더불어 주어지는 '주부 경력' 바로 그것이다. 그 자리는 임기가 정해져 있지 않다. 웬만해서는 자리에서 밀려나거나 실수를 했다고 해서 감봉을 당하는 일도 없다. 시행착오를 거치다 보면 살림살이의 지혜도 늘고 요령도 생기지만, 능력을 인정받는다 해서 상이 주어지는 것도 아니다. 경력이야 시간이 지나면 자동으로 보태지겠지만, 그렇다고 만만히 볼 일도 아니다. 가정경제를 책임져야 하니 손익 계산에도 능해야 하고, 가족들의 건강을 돌보는 가정의도 되어야 한다. 집안 권속들의 대소사를 두루 챙겨야 하니 나누고 베푸는 인정 또한 태평양을 닮은들 누가 뭐라 하겠는가. 보쌈김치에 소주 몇 잔이 곁들여지자 '역시!  당신의 손맛이 최고야!' 하며 엄지손가락을 치켜세우는 남편의 찬사가 하루아침에 들을 수 있는 칭찬이던가. 순도 100% 경상도 사나이의 입맛을 맞추기까지 다년간 시행착오를 거친 끝에 얻은 결과이다.

기대했던 만큼 실망도 컸지만, 시간이 지나면서 경력자에게 가산점을 주려는 교감선생님의 처사가 조금은 이해가 되었다. 경험도 없이 자리를 탐내기엔 나의 욕심이 지나쳤던 것 같았다. 나 때문에 경험 있는 사람의 능력이 묻힌다면 그보다 더 큰 손실이 어디 있겠는가.

며칠 후, 채용 시 필요한 서류를 준비해오라는 담당선생님의 말씀에 웃으며 거절할 수 있었던 것도 그 때문이었다. 아무리 자리가 사람을 만든다지만 경력을 무시한 채 내 욕심만 챙길 수는 없었다.

비록 이력서에 번듯하게 채워 넣을 수 있는 경력은 아니지만, 내게는 20여 년의 주부경력이 있지 않는가. 남편이 엄지손가락을 치켜 올리며 최고라 인정해 주는……. 경력도 없이 자리를 탐내는 일로 마음자리 흐트릴 것이 아니라, 현명하고 지혜로운 주부로 거듭나기 위하여 주어진 일에 최선을 다해야겠다.

# 심(心)봤다

미풍에 구름 약간, 오늘 내 마음을 점검해 보면 청명한 가을 날씨를 닮아 있다. 사람의 마음도 일기예보처럼 미리 예측할 수 있다면?

요즘 가까운 이들의 마음을 들여다보는 버릇이 생겼다. 믿었던 사람에게 호되게 뒤통수를 맞은 일이 생기고부터다. 열 길 물 속은 알아도 한 길 사람의 속은 모른다고 하더니, 정말 알다가도 모를 것이 사람의 마음인 것 같다. 하긴 내 마음을 나도 모를 때가 많으니 어찌 타인의 마음을 잘 알 수 있을까. 이 즈음에서야 일간지에서 보고 오려두었던 글귀가 속속들이 귀에 걸린다.

게에는 네 가지 악덕(惡德)과 네 가지 선덕(善德)이 있다. 겉에는 갑옷으로 단단히 둘렀으면서 속은 창자가 없어 무장공자(無腸公子)라 불리는 것이 첫 번째 악덕이다. 겉치레만 하고 줏대나 소신 없는 사람을 빗대는 무장공자다. 게걸음 친다는 말도 있듯이 언행이 빗나가 진보가 없음이 그 둘째요. 매사를 사특하게 본다 하여 의망공(倚望公)이란 별명을 얻었음이 그 셋째며, 독 속의 게란 말이 있듯 남 잘되는 걸 못 보고 헐뜯고 끌어내리는 속성이 네 번째 악덕이다. 옛 선비들은 자제나 친지의 그릇된 행실을 경계하는 해계(蟹戒)를 내리는 관습이 있었는데 이와 같은 게의 악덕이 인성을 해치기 때문이었을 게다.

- 이규태 「게 이야기」 중에서

사람의 마음도 수학처럼 어떤 공식에 대입했을 때 딱 떨어지는 답이 나온다면 문제의 상대를 이해하는데 도움이 되려나. 얼굴 모습만큼이나 성격이 다른 사람들이 어우러져 사는 세상! 그 속을 들여다보면 마음결도 각양각색이다. 유유자적, 오솔길을 산책하듯 매사에 느긋한 사람이 있는가 하면, 호로록 타다 꺼지는 성냥불처럼 불같은 성정의 사람도 있다. 좀처럼 속을 드러내지 않는 내숭형에 수시로 마음이 바뀌는 변덕쟁이도 있다. 내가 제일 상대하기 꺼려하는 유형은 상황에 따라 그때 그때 마음이 바뀌는 변덕쟁이다. 대개는 성격이 비슷한 사람들이 끼리끼리 어울리기 마련인데, 어쩌다 정반대의 무리 속에 끼어들다 보면 쉽게 어울리지 못하고 겉돌곤 한다. 그러다 보니 어느 땐 이해관계가 엇갈려 오해를 사기도 하고 그로 인해 얼굴을 붉히기도 한다.

빨리빨리 문화에 길들여진 때문인지, 아니면 친정아버지를 쏙 빼닮은 급한 성격 때문인지 나는 곧잘 상대방에게 내 감정을 들키곤 한다. 속을 훤히 내보이다가 낭패를 당하기 일쑤다. 한 박자 늦추거나 에둘러 말하는 것에 영 서툴다. 조금만 생각하고 정리해서 말하면 될 것을 감정이 솟구치는 대로 말하는 바람에 화를 자초하기도 한다. 특히 시간 약속이나 금전 거래에서 약속을 어기는 사람을 보면 표정관리가 잘 안 돼 상대방을 머쓱하게 만들곤 한다. 그러다 보니 본의 아니게 오해를 살 때가 많다. 그런 나를 보며 나보다 나를 더 잘 아는 사람들은 솔직하고 뒤끝이 없다고 한다. 반면, 칼로 무 자르듯 하는 모습을 볼 때면 인정미가 없어 보인다고도 한다. 매사를 속전속결로 가다 보니 실수도 많고 여유가 없어 보이는 것도 사실이다.

사전을 찾아보니 마음이란 사람의 몸에 깃들어서 지식·감정·의지 등의 정신활동을 하는 그 바탕이 되는 것이라고 쓰여 있다. 그러고 보면 어떤 문제를 해결할 때 나와 뜻이 다르다고 해서 상대방을 탓할 일은 아닌 것 같다. 사람마다 지향하는 목표나 사고가 같을 수는 없을 테니까. 이제부터라도 내가 하고 싶은 말은 조금 양보하고 타인이 하는 말에 귀 기울이는 버릇을 들여야겠다.

오늘도 한 권의 책을 읽듯 가까운 사람들의 마음을 읽어 나간다.

난해한 시처럼 복잡한 사람들의 마음을 읽어내느라 끙끙대기보다
는 바라만 보아도 좋은 사람, 속정을 나눌 수 있는 친구의 이름 아
래 밑줄을 긋는다.

# 희망 25시

"올해 대운이 들었어. 하는 일마다 막힘이 없고, 도와주는 사람도 있으니 기회를 놓치지 마."

얼마 전, 분위기 좋은 찻집을 찾아 헤매다 발길이 머문 커피전문점에서 전해들은 이야기다. 주문한 커피를 두어 모금이나 마셨을까. 구석진 우리 자리를 향해 다가오는 사람이 있었다. 훤칠한 키에 까만색 모직코트가 잘 어울리는 칠십 대 초반의 노신사였다. 친구와의 대화까지 자르며 끼어든 노인은 수상, 관상을 보는 사람이라고 자신을 소개했다. 그가 내민 코팅된 쪽지에는 사람의 손바닥 그림이 그려져 있었다.

대운이 들었다니 이보다 듣기 좋은 말이 또 있을까. 신년벽두에 생면부지의 사람으로부터 전해들은 기분 좋은 소리였다. 친구와 내가 경계심을 풀고 관심을 보이자 노인은 기다렸다는 듯이 자리

를 차고앉아 손의 선을 따라가며 운명선, 생명선, 재운 등을 설명
해 주었다. 손금은 인간의 운명을 그대로 담고 있을 뿐만 아니라
미래까지 예측할 수 있다고 말하는 노인의 표정은 사뭇 진지하기
까지 했다. 무학대사는 이성계의 관상을 보고 왕이 될 것을 예견했
다지 않는가. 조선조 관상학 전문인은 모두 당대의 명망 높은 학자
들이었다고 한다. 왕 옆에는 늘 정승 반열의 관상상감이 있어 인물
을 천거해왔다는 설이 있고 보면 노인의 말이 모두 틀린 것만은
아닌 것 같았다. 나는 기독교 신자의 신분도 잊은 채, 마치 최면이
라도 걸린 듯 그가 쏟아내는 달콤한 말 속으로 빠져들었다.

얼굴 성형에 이어 손금까지 바꾸는 세상이다. 내가 얼굴 모습이
나 손금을 바꿔 인생까지 바꿔 보겠다는 심산이 아니고 보면, 노인
이 내뱉은 그 말이 엉터리라 해도 생활의 활력소가 되면 그만이다.
재미로 보고 내 안에 행복을 가둘 수 있다면 그깟 복채가 아까우랴.
올 한 해, 그가 건네준 '희망'이란 두 음절만 붙잡고 있어도 나는
행복할 것이다. 시어머니가 건네준 말 한마디에 이십여 년을 끄떡
없이 버틸 수 있었던 것처럼.

박봉에 단칸 셋방살이를 하는 막내아들 내외가 보기에 안쓰러
웠던지, 시어머니는 남편의 태몽까지 들려주며 내게 당부를 했다.
용하다는 점쟁이가 풀어 주었다는 점괘에 의하면, 남편은 마흔 살
넘어 요즘 시쳇말로 고생 끝 행복 시작이란다. 빌딩을 짓고 살 만
큼 부를 타고났다고 했다.

"고생이 되더라도 참고 살면 반드시 옛날 얘기하며 살 때가 올 게다."

시어머니께서 결혼 1년차 철부지 며느리를 진단하고 내려준 처방전은 간단했다. 그러나 효과만큼은 기대 이상이었다. 다랑이 논 몇 마지기 떼어준 것에 비할 바가 아니었다.

살아오면서 포기하고 싶을 만큼 힘든 일이 생길 때마다 시어머니가 들려준 그 한마디는 영양제가 되기도 하고, 통증을 멎게 하는 진통제 구실을 하기도 했다.

나는 점술을 백 프로 믿는 사람도, 예찬론자도 아니다. 길흉화복을 어찌 점술에 의존할 수 있겠는가. 하지만 삶을 포기하고 싶을 만큼 절망적인 사람들에게 희망을 줄 수 있다면 그 또한 좋은 일 아닌가. 우리나라 사람들이 정신병에 잘 안 걸리는 것은 점을 많이 보기 때문이라는 우스갯소리를 들었다. 맹신하는 것은 금물이지만 그것으로 인해 정신적인 위안을 받을 수 있다면 그 또한 각박한 세상을 살아가는데 필요한 하나의 방법일 것이다. '플라시보 효과(placeboeffect)'를 기대하듯이.

어느새 남편의 나이 사십을 지나 오십을 훌쩍 넘었다. 점괘에 의하면, 아니! 시어머니의 처방전에 의하면 빌딩을 몇 채 짓고도 남을 세월이 흘렀다. 다행스럽게도 현명한 시어머니는 유효기간을 가르쳐주지 않았다. 효능, 효과를 백 프로 믿고 있으니 유효기간은 무한대로 늘어날 것이다.

　노인이 들려준 희망의 메시지! 올해 들었다는 대운이 무엇일
까? 그 기회를 놓치지 않기 위해서는 어떤 노력을 해야 하나. 생각
만으로도 절로 힘이 난다.

　"올해 대운이 들었어. 하는 일마다 막힘이 없고, 도와주는 사람
도 있으니 기회를 놓치지 마."

　노인의 말처럼 새해를 맞아 내가 가까운 이들에게 건네주고 싶
은 희망의 메시지다.

# 모녀 성적표

딸아이가 쏘아 올린 화살은 과녁을 비껴갔다. 역부족이었다. 목표물을 명중하기엔 벼린 촉이 너무 무디었던 것일까.

힘없이 주저앉은 아이의 등을 토닥여 주어야 하는데, 위로의 말도 한마디쯤 건네야 하는데, 그 어떤 단어도 말이 되어 나오지 않았다. 다시 한 번 도전을 해보라거나 살아가는데 학력이 전부는 아닐 것이라는 등, 나의 일이 아닐 때는 그렇게도 쉽게 내뱉더니 정작 상심해 있는 딸에게는 아무 말도 할 수가 없었다. 사람은 실패와 좌절을 통해 비로소 자신의 존재를 알아 간다고 했다. 하지만 지금 이 순간만큼은 칠전팔기란 말도 실패를 극복하고 성공한 사람들의 여유에서 나오는 자만의 소리로만 여겨졌다.

차라리 소리 내어 울거나 원망의 말이라도 퍼부었다면 그 편이 훨씬 속이 편할 것 같았다. 식탁에 앉아 볼이 터져라 밥을 우겨 넣는 아이는 목이 메는지 자꾸 물 컵에 손이 간다. 내가 이렇게 답답한데 아이는 오죽이나 실망스러울까. 그럴 줄 알았으면 밥이나 먹은 다음에 확인을 해도 늦지 않을 것을. 나의 조급한 행동이 아이에게 주었을 부담을 생각하니 후회가 앞섰다.

머리와 입안에서만 맴돌던 말들을 깊숙이 밀어 넣으며 주방으로 향했다. 흐린 시야에 더러운 냄비가 들어왔다. 세제를 묻힌 철수세미를 냄비에 대고 힘껏 문질러댔다. 아무 생각 없이 닦고 또 닦았다. 그렇게 냄비 두 개와 물 주전자 하나를 힘든 줄도 모르고 한참을 닦았다. 여느 때 같으면 더러운 냄비를 볼 때 더럭 짜증이 났겠지만 오늘만큼은 더러운 냄비가 있어 다행이란 생각이 들었다. 이 순간 복잡한 속내를 들키지 않고 아이에게 건넬 말을 고르기에 주방만큼 맞춤한 장소가 또 있을까. 잘 닦여져 윤이 나는 냄비를 보니 침울했던 마음이 한결 가벼워졌다. 가만 생각해 보니 딸에게 조금만 더 공을 들였더라면 이 냄비처럼 성적도 그렇게 빛이 나지 않았을까 싶다. 때늦은 후회가 날을 세우며 가슴을 후빈다.

자식 잘되기를 바라지 않는 부모가 어디 있겠는가. 나 역시 예외는 아니다. 그러나 늘 바쁘다는 이유로, 경제적인 여유가 없다는 이유로 아이의 뒷바라지에 최선을 다하지 못했다. 내겐 아이가 高3이면 엄마도 苦3이 된다는 말이 무색하기만 했다. 허약한 아이를 위해 성적에 연연하기보다는, 몸에 좋은 보약이나 영양식을 먼저 챙겼으니 그나마 궁색한 변명이 될까? 하지만 그렇게 마음을 비왔다가도 어느 땐 내 아이만 열외자가 된 것 같아 불안하기만 했다.

얼마 전, 미국의 국제아동보호단체(Save the Chil-dren)가 발표한 '어머니 지수'란 기사를 읽고 스스로에게 부끄러웠던 적이 있다. 보고에 의하면 세계 94개국에서 여성 및 자녀들의 건강과 교육, 문맹률, 정치적 지위 등 10개 지표를 토대로 어머니 지수를 산출한 결과 한국은 22위라고 했다. 높은 교육열에 이어 상위권을 차지한 어머니 지수가 내겐 몇 프로에 해당될지, 국제 아동보호 단체가 아닌 딸아이가 산출한 나의 어머니 지수가 궁금하기만 했다.

비록 21세기형 맹모삼천지교는 아니라 해도, 아이에게 눈높이를 맞추고 마음을 비우며 보약을 챙기던 손길에 위로의 보너스 점수가 보태진다면, 그나마 낙제점은 면했을지도 모르겠다.

자녀를 위해서라면 빚을 내서라도 과외공부를 시키거나, 노래방 도우미도 마다 않는 현대판 맹모삼천지교가 결과에 따라서 면죄부를 받는다고 하지 않던가. 그에 비하면 심도 낮은 나의 교육방법이 아이 입장에서 볼 때 어쩌면 무관심으로 비춰졌을지도 모를 일이다. 느슨한 교육이 보탬이 되기는커녕 아이의 향학열에 걸림돌이 되지는 않았는지. 교육정책이 바뀔 때마다 지혜롭게 대처하지 못한 것도, 정보화 시대에 발 빠른 입시정보를 전해주지 못한 것도 미안하기는 마찬가지였다. 나름대로 소신껏 아이의 뒷바라지를 한다고 했지만 가시적으로 드러나는 결과 앞에서는 주눅이 들었다.

엄마의 능력이 아이의 실력이라는 사회적 통념처럼, 역으로 아이의 성적표가 곧 엄마의 능력이라도 되는 것처럼, 가끔 자식을 향한 욕망이 꿈틀거릴 때면 갈피를 못 잡고 허둥댔던 것도 사실이다.

애써 다잡았던 마음이 풀 죽은 아이 앞에서 스르르 빗장이 풀린다. 이제 또다시 아이와 함께 이인 일조가 되어 출발선에 섰다. 관문을 통과하기 위해 치러야 할 입시전쟁이라면 멋지게 한판 승부를 걸어보는 수밖에.

# 날궂이

굿은 날씨 때문인지 전동차 안은 비교적 한산했다. 출입문이 닫히고 전동차가 막 출발할 때였다. 경로석에 앉아있던 오십 대 중반의 남자가 자리에서 벌떡 일어났다. 남자보다 서너 살 아래로 보이는 한 사내가 잽싸게 그 자리를 차지하고 앉는다. 몇몇 사람들의 시선이 두 사람에게 쏠렸다. 그러나 자리를 양보한 남자는 아무렇지도 않은 표정이다. 전동차 맨바닥이 마치 제 집 안방이라도 되는 양 출입구 쪽에 가방을 깔고 앉아 세상에서 가장 편한 자세를 취했다. 남을 배려하는 모습이 보기 좋았다. 나도 모르게 입가에 웃음이 물리고 가슴이 따듯하게 데워져 왔다.

헐렁한 작업복, 검게 그을린 남자의 얼굴 모습에서 고단한 삶이 묻어났다. 정작 편히 앉아 가야 할 사람은 그 남자인 것 같았다. 남자와 시선이 마주칠 때마다 나는 조금 웃어보였다.

그런데 서너 정거장이나 지났을까. 사람들의 시선을 비껴 출입구 쪽에 앉아 있던 그 남자가 갑자기 장우산을 들어 사람들을 향해 총 쏘는 시늉을 했다. 처음에는 장난인 줄 알고 대수롭지 않게 생각했다. 그런데 남자의 이상한 행동은 멈출 줄 몰랐다. 차츰 행동 반경을 넓혀가며 소리를 질러대기 시작했다.

"틀렸어. 이놈의 세상 다 틀려 먹었다구. 울화가 치밀어 못 살겠어. 에이! ×같은 세상."

남자는 슬쩍슬쩍 사람들의 표정을 살피며 입에 담지 못할 욕까지 퍼부어댔다. 남자의 푸념이 위험수위를 넘고 있었다. 자신의 처지가 마치 세상 탓인 양 불만이 가득했다. 경제 한파에 꽁꽁 얼어붙은 가정경제가 가장의 위상마저 떨어뜨리는 것일까.

남자는 총 쏘는 시늉으로는 더 이상 사람들의 시선을 끌 수 없다고 생각했는지, 급기야는 우산을 꺾어 바닥에 패대기를 쳤다. 그리고는 덤블링을 하듯 재주를 넘으며 전동차 안을 휘젓고 다녔다. 그의 행동을 바라보고 있자니 우습기도 하고 한편 무섭기도 했다. 남자의 광적인 행동은 차량과 차량을 통과하는 문의 유리를 박살내면서 극에 달했다. 이단 옆차기의 모습이 그러할까? 전동차 안은 삽시간에 공포 분위기에 휩싸였다. 하지만 누구 하나 나서서 공공기물을 파손한 그 남자를 말리거나 나무라는 사람이 없었다. 나 역시 겁에 질려 남자가 하는 양을 지켜보기만 했다. 신고를 하고 싶었지만 그에게 발각이라도 되는 날이면 무슨 화를 당할지 몰라 꾹 참았다. 사람들의 표정이 점점 굳어져 갔다. 겁에 질린 몇몇 사람들이 다른 칸으로 옮겨 갔다. 목적지와 관계없이 무작정 내리는 사람도 있었다.

대구 지하철 참사가 생각났다. 불특정 다수를 향한 범죄행위 때문에 선량한 사람들이 피해를 보는 세상이다. 그 피해의 대상이 내가 될 수도 있다고 생각하니 두려웠다. 책을 꺼내 들었지만 내용이 들어오지 않았다. 신경은 온통 그 남자에게 쏠렸다. 두려운 마음에 다른 칸으로 옮겨가고 싶었지만 생각뿐 앉은자리에서 한 발자국도 움직일 수가 없었다. 주머니 속의 휴대폰을 몇 번이나 만지작거렸지만 여전히 신고할 용기는 나지 않았다. 불의를 보고서도 자신의 안위를 위해 말 한마디 못하는 나 자신이 부끄럽기도 하고 한심하기도 했다.

난동을 부리던 남자가 가방을 챙겨든 것은 온수역이었다. 내릴 준비를 하는 남자를 보자 안도의 한숨이 절로 나왔다. 출입문이 열리고 계단을 올라가는 남자의 뒷모습을 창문을 통해 바라보았다. 많은 사람들을 공포에 떨게 해놓고 아무 일 없다는 듯 유유히 사라지는 그가 괘씸했다. 이십여 분이 채 안 되는 시간이 무척이나 길게 느껴졌다. 남자가 내리고 나서 얼마 지나지 않아 제복을 입은 두 사람이 와서 깨어진 유리문을 살펴보고 갔다. 사람들은 그제야 한마디씩 하기 시작했다.

"날궂이 하느라고 그래. 비 오는 날이면 저런 사람 하나 둘 꼭 있거든."

"여기가 즈집 안방인 줄 아나. 꼬락서니 하군."

"에구! 어떤 여잔지 몰라두 어지간히 속 끓이고 살겠다."

궂은 날씨만큼이나 무겁게 가라앉았던 전동차 안은 아무 일도 없었다는 듯 다시 본래의 모습으로 돌아갔다. 천 원짜리 부채와 일회용 밴드를 파는 잡상인이 지나가고, 신문을 들여다보는 사람, 전화를 거는 사람, 눈을 감고 자는 척하는 사람 등 전동차 안은 언제 그런 일이 있었냐는 듯 다양한 풍경을 그려내고 있다.

그런데 자꾸만 남자의 모습이 밟힌다. 타인을 위해 선뜻 자리를 내어줄 만큼 선해 보이던 그가 난동을 부려가면서까지 울분을 토해낼 무슨 사연이 있었던 것일까. 날궂이 운운하며 날씨 탓으로 돌리기에는 그 남자의 행색이 너무도 초라했다. 왠지 마음이 편치만은 않다. 그 남자가 벌인 날궂이에 나도 한판 끼어든 느낌이다.

신도림역이다. 문이 열리자 또 한 무리의 사람들이 나가고 들어온다. 밖에는 여전히 비가 내리고 있다.

# 행복 레시피

공직에 있는 남편의 권력을 등에 업고 검은 돈을 챙긴 도지사 부인이 영어(囹圄)의 신세를 지게 되었다. 대가성 뇌물이었는지 당선 축하금이었는지는 잘 모르겠지만 검은 돈을 받은 것만은 사실이었다. 카메라 세례에도 당당한 그녀의 모습을 보며 남편은 살맛이 안 난다며 티브이 채널을 돌려 버렸다. 뇌물 사건이 어제오늘만의 일이 아니건만, 지각없는 그들의 행동이 열심히 사는 사람들의 사기마저 떨어뜨리고 있는 것이다. 하긴 '급행료'라는 신조어가 있는 현실이고 보면 크게 분노할 일만도 아닌 것 같다. 부귀영화를 꿈꾸거나 요행을 바라는 것은 아니지만, 열심히 노력한 만큼의 대가는 받아야 하는 것이 아닐까?

얼마 전, 못 배운 것이 한이 되어 폐품을 팔아 모은 돈 1억 원을 장학금으로 내놓은 할머니의 미담이 전파를 탄 적이 있다. 궂은일을 하면서 평생을 모은 재산이라고 했다. 가진 자가 대접받는 세상에서 남에게 베푼다는 것이 쉬운 일은 아닐 것이다. 어려움을 겪고 있는 많은 사람들에게 용기와 희망을 안겨 준 가슴 따뜻한 이야기가 아닐 수 없다. 어둠을 밝히는 것은 빛이라고 했듯이 세상에는 어둡고 절망적인 음지만 있는 것은 아니다. 할머니의 미담이 의욕을 상실한 많은 사람들에게 희망의 빛이 되었으면 하는 바람이다.

어렵고 힘들 때마다 음지가 양지로 사람살이는 그렇게 돌고 도는 것이라며 참고 살라던 친정어머니의 말씀이 생각났다. 포기하고 싶은 생각이 들다가도 희망의 끈을 놓을 수 없었던 것은, 어머니의 그 말씀이 버팀목이 되어 주었기 때문이었다.

200만 원 전세방에서부터 시작한 결혼 초의 생활은 허리띠를 졸라매야만 했다. 얄팍한 남편의 월급으로 취미생활이란 생각할 수조차 없었다. 주말이면 영화도 보고 여행도 다니자던 결혼 전 남편과의 약속은 일찌감치 접어 두어야만 했다.

그러나 모든 것은 시간이 해결해 주었다. 더러는 얻고 버리기도 하면서 차츰 사람살이에 모양새를 갖추기 시작했다. 월급을 쪼개 적금도 들고, 남편이 좋아하는 된장찌개도 끓이면서 소꿉장난 같은 살림살이에 재미를 붙이기 시작했다. 행복은 마음먹기 나름이라는데 나는 행복 쪽에다 패를 던져 보기로 했다. 인간의 행복은 그가 품고 있는 욕망에 반비례한다고 했다. 얼마나 많은 것을 소유하기보다는 얼마나 적은 것으로 만족하느냐를 배우는 것에 달려있다고.

생각이 바뀌자 차츰 남편의 장점이 보이기 시작했다. 쥐꼬리만한 월급이 남편의 땀이 배어 있는 노동의 대가라고 생각하니 만원 한 장을 허투루 쓸 수가 없었다. 작은 평수의 아파트도 장만하고, 원하던 가게도 할 수 있어 사장님 소리도 듣게 되었다. 오랫동안 꿈꾸었던 일이 현실로 이루어지자 더 바랄 것이 없었다.

가게가 어느 정도 자리가 잡히자 남편은 욕심 부리지 말고 즐겁게 살자고 했다. 그동안 고생했으니 친구들과 여행도 다니고 취미 생활도 하라며 지원을 아끼지 않았다. 남편의 작은 배려는 생활의 활력소가 되어 집 안 구석구석을 빛나게 했다. 그러나 호사다마라고 했던가. 내가 수영장으로 볼링장으로 또 친구들을 만나러 다니는 동안, 검은 그림자는 삶의 터전인 가게를 향해 소리 없이 다가서고 있었다. 무지개 빛깔로 채워나가던 생활이 어느 날부터 회색으로 물들기 시작했다.

"가게를 사든지 아니면 비워줬으면 좋겠어요."

시설비를 무시한 채, 보증금만 돌려주겠다는 주인의 말은 그야말로 마른하늘에 날벼락이었다. 차곡차곡 밟아 쌓아올린 삶의 터전이 한순간에 무너지는 것만 같았다. 타인의 사정은 나 몰라라 자신의 이익만을 챙기려는 주인에게 인간적인 동정이나 상식은 통하지 않았다.

분노하기보다는 알 수 없는 허탈감으로 밤잠을 설쳐야 했다. 한눈팔지 않고 열심히 앞만 보고 달렸는데 골인도 하기 전에 발목을 잡는 그들이 원망스럽기만 했다. 사기를 치거나 투기를 한 것도 아닌데, 그 흔한 사재기 한 번 하지 않았는데, 죄가 있다면 열심히 산 것밖에 없는데 생각할수록 억울했다. 불면증이 어떤 것인지, 밥알이 모래알 같다는 말도 그때 처음으로 실감할 수 있었다. 길을 걸어가면서도 누구에게인지 모를 기도가 절로 나왔다.

"기회를 주세요. 자만하지 않고 열심히 살게요."

변호사 사무실을 찾아 뛰어다니며 해결 방법을 찾아보았다. 그러나 힘없는 세입자의 손을 들어주는 사람은 없었다. 임대차 보호법이란 것도 도움을 주지는 못했다. 승산 없는 싸움은 계속되었고 시간이 갈수록 마음도 몸도 지쳐갔다. 그런데 가게를 비워주기로 결정하고 마음을 비우자 일은 엉뚱한 곳에서 풀리기 시작했다. 서로의 감정만을 앞세워 대립으로만 치닫던 일이, 같은 건물에서 남편과 호형호제하며 지내던 사람들의 도움으로 절충을 한 끝에 어렵사리 가게를 매입하게 되었다. 남편을 보고 법이 없어도 살 수 있다고 하던 사람들의 말이 그때처럼 실감난 적도 없었다. 법이 아닌 남편의 성실함을 인정해 준 사람들의 도움을 받아 해결된 일이었다. 전화위복이란 바로 이런 것을 두고 하는 말일 게다. 신경성 두통과 소화 장애를 호소하던 남편도 연일 축배를 들며 기뻐했다. 술잔을 들고 건배하는 남편의 모습이 보기 좋았다. 몇 달 동안 겪었던 고통은 씻은 듯 사라지고 기쁨은 몇 배의 무게로 다가왔다.

주위에는 아직도 IMF 이전의 호시절을 그리워하는 과거 지향적,

현실도피형의 사람들이 많다. 어려운 현실을 인정하지 않는 만큼 당연히 불만도 많다. 그래서인지 살맛이 안 난다고들 한다. 가정경제가 어려운 것만은 사실이다. 우리 가정이라고 해서 예외일 수는 없다. 그러나 절박했던 그때를 생각하면 지금은 오히려 행복하다. 어려움을 겪고 난 뒤의 여유일 것이다.

정직하게 열심히 사는 사람들이 대접받는 사회, 그래서 남편의 이 작은 행복이 오래오래 지속되었으면 하는 간절한 바람이다.

# 앞집

밥을 안 먹어도 배가 부른 것 같다는 말은 이럴 때 쓰는 말인가 보다. 결혼 사 년 만에 열여덟 평 아파트를 장만했을 때의 기분이 꼭 그랬다.

내 손으로 장만한 첫 보금자리였다. 비록 소형아파트였지만 내겐 궁전이나 다름없었다. 경제적인 뒷받침이 있어 결혼생활을 내 집에서부터 시작한 사람들은 경험할 수 없는 그런 작은 행복감이었다. 허리띠를 졸라매느라 잃었던 인심도 칭찬이 되어 돌아왔다. 그래서일까. 내 집을 장만했다는 흥분이 쉬이 가시질 않았다.

그런데 그것과는 또 다른 기대와 설렘으로 나는 입주 날짜를 손꼽아 기다렸다. 앞집에 이사 오게 될 사람들이 어떤 이들일까 궁금해지기 시작하면서부터였다. 어떤 이웃을 만나느냐에 따라 생활의 질이 조금은 달라질 수도 있다고 생각했기 때문이었다. 어떤 친구

를 만나느냐에 따라 진로가 바뀌고 인생관이 달라질 수도 있는 것
처럼.

나와 연배가 비슷한 사람이면 좋겠다는 생각을 했다. 같은 또래
의 아이들이 있으면 더 좋겠고, 교육정보를 교환하고 음식을 나누
며 친 동기간 이상으로 속정을 나눌 수 있는 사람, 잠시 외출할 일
이 생기면 아이들을 믿고 맡길 수 있는 사람, 가슴이 따뜻하고 마
음 씀씀이가 넉넉한 그런 사람을 이웃으로 두길 바랐다.

그러나 나의 간절한 바람은 그야말로 바람으로 끝나고 말았다.
입주 한 달이 넘도록 굳게 입을 다물고 있던 앞집 404호의 현관문
이 열리던 날, 나는 이삿짐을 나르는 인부들 틈에서 나이 지긋한
오십 대 후반의 아주머니를 보았다. 기대했던 만큼 실망도 클 수밖
에.

건물 청소부로 일한다는 아주머니는 매일 이른 새벽에 집을 나
갔다가 저녁 늦게 돌아왔다. 이웃의 정을 나누기는커녕 얼굴조차
보기가 힘들었다. 그보다는 하릴 없이 빈둥대는 노총각 막내아들
의 존재가 더 신경이 쓰였다.

이웃들의 불만이 하나 둘 쏟아져 나왔다. 이른 아침부터 크게 음
악을 틀어놓거나 창문 밖으로 담배꽁초를 버리는 것은 그래도 봐
줄 만했다. 팬티차림으로 베란다를 서성거리거나 잊을 만하면 한
번씩 살림을 부수며 행패를 부리는 바람에 이웃들은 불안에 떨어
야 했다. 바로 앞집에 사는 나는 그 정도가 더 심할 수밖에. 어쩌다

계단에서 마주치기라도 하면 총각은 인사는커녕 대인기피증 환자처럼 재빨리 그 자리를 피하곤 했다.

이래저래 신경이 쓰였다. 네 살배기 딸아이를 붙잡고 알아듣지도 못할 특별교육을 시키기도 했다. 무엇보다 일주일에 한 번, 공동으로 실시하는 계단 물청소를 하는 날이면 원망의 소리가 절로 나왔다.

가장 가깝게 지내야 할 이웃인 앞집, 그들에 대한 기대가 실망으로 그리고 원망으로 내달으며 반 포기를 하기까지는 그리 많은 시간이 필요치 않았다. 이웃과 담을 쌓고 지낸다는 것은 여러 가지로 불편했다. 그렇다고 내 쪽에서 먼저 다가갈 수 있는 상황도 아니었다.

앞집 아주머니로부터 초대를 받은 것은 아들이 결혼하고 몇 달 후였다. 이사하고 두 해 만의 일이었다. 결혼과 동시에 총각이 살림을 나면서 나는 그제야 앞집에서 들려오는 소음공해와 불안으로부터 해방이 되었다. 깨진 유리조각이나 값나가는 살림살이가 부서진 채 쓰레기통에 버려지는 불상사는 더 이상 없었으니까.

서른일곱에 혼자되어 안 해 본 일이 없다는 아주머니는 자기 설움에 간간이 눈물을 보였다. 그동안 반상회에 참석 못한 것도, 계단청소를 도와주지 못한 것도 많이 미안하다고 했다. 아주머니의 신세한탄을 들어주는 것도 이웃인 나의 몫인 것 같아 쉽게 자리를 뜰 수가 없었다. 아주머니의 이야기를 듣다 보니 계단청소를 하며 투덜댔던 그간의 일들이 조금은 부끄럽게 느껴졌다. 이런저런 일로 서운했던 마음도 눈 녹 듯 녹아내렸다. 이웃 간에 소통이 얼마나 중요한가를 깨닫는 순간이었다.

"이거 딸래미 갖다 줘요."

아주머니는 건물 청소할 때 쓰려고 갈무리해 둔 고무장갑 한 켤레와 공장에 다닐 때 얻었다는 장난감 자동차를 내 손에 쥐어주었다. 얼결에 받아들고 보니 두 손이 부끄러웠다.

이후, 몇 번의 이사를 더 하면서 나는 매번 다른 이웃을 만났다. 친동기간 이상으로 가깝게 지낸 사람들이 있는가 하면 데면데면소 닭 보듯 지낸 이웃도 있었다.

가끔 뜻하지 않은 장소에서 우연히 예전에 가까이 지냈던 사람들을 만날 때가 있다. 한동안 잊고 지내던 앞집 아주머니가 생각나는 것도 바로 그때다. 이제는 아들 며느리의 효도 속에 손주의 재롱을 보며 편안한 삶을 살고 계신지? 빨간 고무장갑을 볼 때면 나는 가끔 앞집에 살던 그 아주머니 생각이 난다.

# #그놈은 멋졌다

# 안티 로맨스

어느 시인은 말했다. '사랑은 칠십 프로의 불안과 삼십 프로의 믿음 속에 그 자신을 사르게 되는 황홀한 불길'이라고.

살아가면서 누구라도 한 번쯤 이성과의 애틋한 사랑을 꿈꾸어 보지 않은 사람이 있을까. 평범한 농부의 아내와 사진작가의 운명적인 만남과 사랑을 다룬 제임스 윌러의 소설 「매디슨 카운티의 다리」를 읽고, 나는 한때 단조로운 일상에서의 반란을 꿈꾸며 마음자리 뒤숭숭하던 때가 있었다. 그 소설이 영화로 제작되어 극장가를 달구던 때, 나도 그런 사랑을 한번 해보고 싶다는 유혹을 느끼기도 했다. 그들의 사랑을 정죄하기에 앞서 어떤 대리만족 같은 것을 느꼈다면, 나는 부도덕한 사람으로 손가락질을 당하려나. 그 즈음, 세간에서는 중년 남녀의 격렬했던 사랑을 놓고 불륜이니 로맨스니 하며 입씨름을 벌이기도 했다.

윤리나 도덕이라는 굴레를 씌운 금지된 사랑 앞에 과감하게 자신의 사랑을 펼쳐 보일 수 있었던 프란체스카! 로버트와의 짧았던 사랑을 가슴에 묻고, 죽을 때까지 비밀에 갇혀 살아야 했던 프란체스카의 마음을 헤아려 본다. 용기 없음으로 인해 시작도 해보기 전에 끝나버린 십여 년 전의 일을 떠올리며.

"무덤에 갈 때까지 비밀로 하고 한 번만 만나줘요."

어느 날, 전화선을 타고 들려온 그 한마디에 나는 그만 심장이 멎을 것만 같았다. 더구나 그가 누구라는 것을 알았을 때의 황당함이라니. 낯익은 목소리의 주인공은 놀랍게도 남편이 형이라 부르며 가깝게 지내던 사람이었다. 우리 내외와는 동기간 이상으로 가깝게 지내는 사이였다. 순간, 성형수술 후 달라진 친구의 모습을 볼 때처럼 그가 한없이 낯설게만 느껴졌다. 알 수 없는 것은, 그럼에도 불구하고 가슴 한쪽에서는 수없이 가슴 떨림표를 찍어냈다는 사실이다. 하지만 그 떨림의 파장을 소설이나 영화에서처럼 그렇게 아름답게 그려낼 수는 없었다. 막연하게 꿈꾸던 일이 현실로 다가오자 겁이 덜컥 났다. 나는 너무 겁쟁이였다. 무엇보다 남편이 쳐놓은 사랑이란 이름의 울타리는 내가 한눈을 팔 만큼 그렇게 허술하지 않았다.

무덤에 갈 때까지 비밀로 하고 만나자는 이유가 아무래도 걸렸다. 일상생활에서의 고민을 털어놓거나 도움을 청하는 일이라면 굳이 따로 만나야 할 이유가 없을 것 같았다. 혼란스러웠다. 무엇보다 농담으로 얼버무리기에는 그의 태도가 너무도 진지하고 집요했다.

사십 대의 가정을 가진 평범한 여자에게 외간 남자의 프러포즈는 생각보다 기분 좋은 일이 아니었다. 영화에서처럼 환상적이지도 않았다. 이상과 현실은 낮과 밤의 차이만큼이나 극명하게 구분되었다.

나 자신, 처신을 잘못한 것도 아니면서 죄인 아닌 죄인이 되어 한동안 심사가 복잡했다. 내 의사와는 상관없는 일이라고 생각 없이 남편에게 털어놓았다가 공연히 오해를 살지도 모를 일이었다. 무엇보다 남편의 자존심에 상처를 입히거나 두 사람의 관계가 소원해질까 걱정이 되었다.

그 일로 나는 한동안 말에 갇혀 지내야 했다. 상대방이 내뱉은 말 한마디가 내겐 비밀 아닌 비밀이 되었던 것이다. 성경에서는 생각만으로 그치는 남녀 간의 간접사랑도 불륜이라고 한다. 답답했다. 임금님의 귀는 당나귀라는 이야기가 생각났다. 말 못하는 답답증이 오죽했으면 나무숲에다 대고 '임금님의 귀는 당나귀'라고 소리를 질러댔을까. 비밀은 또 다른 비밀을 낳는 법이다. 나는 더 이상 비밀을 키우고 싶지 않았다.

"무덤에 갈 때까지 비밀로 하면서 따로 만나야 할 일은 없을 것 같네요."

그가 한 말에 확실한 답이 되어 돌아갔을 것이다.

책을 읽으며, 영화를 보면서 잠시 꿈꾸었던 불륜(?)은 그렇게 한마디 말에 갇혀 홍역을 치르고, 시작도 해보기 전에 끝이 났다. 무덤 근처에도 가 보지 못한 이야기를 전해들은 남편의 표정이 조금 쓸쓸했던가.

이제 다시는 울 밖 풍경에 마음을 빼앗기지 않기로 했다. 무덤까지 가지고 갈 비밀은 더더욱 만들지 않을 것이다.

여전히 가슴에는 불씨 하나 남겨두고서.

# 그놈은 멋졌다

겨울 초입이라고는 하나 귓불이 얼얼할 정도로 매운 날씨였다. 응달을 비껴 앉은 햇살에서조차 온기는 느껴지지 않았다. 온기가 느껴지지 않는 것은 놈도 마찬가지였다.

조각공원을 둘러보고 내려오는 길목 끝자락에서 그놈을 만났다. 산 그림자 드리운 곳에 잔설을 배경으로 폼을 잡고 있는 그는 놀랍게도 실오라기 하나 걸치지 않은 벌거숭이였다. 한 놈은 서 있고 두 놈은 물구나무를 서듯 머리를 거꾸로 땅에 둔 채였다. 인적이 드문 산중에 들어 남자의 상징인 심벌을 고스란히 드러내 놓고 있는 놈의 저의가 무엇일까? 의심은 또 다른 의문을 부르며 궁금증은 더해만 갔다.

김영원의 「길」이란 작품명은 이해를 돕기는커녕 간신히 그러모은 사유의 파편들마저 흩트려 놓았다. 왜 놈에게 길이란 이름을 붙여 주었을까. 길과 벌거숭이 조각남의 상관관계는 무엇일까?

천천히 놈의 앞으로 다가갔다. 여차하면 달려들 기세로 잔뜩 성이 나 있는 심벌과 떡 벌어진 근육질의 몸매, 머리에서 발끝까지 건강미가 넘쳐났다. 비록 피가 흐르지 않는 스테인리스강의 철심을 가진 놈이었지만 바라보는 것만으로도 심장 박동수를 올릴 만큼 놈은 멋졌다.

여섯 여자들의 거침없는 찬사가 쏟아졌다. 우리는 시각적인 것에 가슴을 데울 줄도, 이성의 작은 터치에도 반응할 줄 아는 농익은 중년의 여인들이었다. 하지만 여섯 여자들의 유혹에도 놈은 무표정으로 일관했다. 좀처럼 흥분하지도 않았다. 나는 놈의 강심장에 은근히 오기가 생겼다.

"한 번 만져봐!"

누군가 나를 부추겼다. 하지만 함부로 건드릴 수가 없었다. 선불리 다가갔다가 내 마음만 들킬 게 뻔했다. 수줍음이 빠진 중년의 뻔뻔함도 놈의 당당함 앞에서는 주눅이 들었다.

바라보는 것만으로 만족해야 했다. 조각상 앞에서조차 나의 감정표현은 자유로울 수가 없었던 것이다. 내 감정에 충실하지 못한 것은 '지나침은 모자람만 못하다.' 며 절제의 미덕을 강조하신 아버지의 교육 탓은 아니었는지……. 놈은 인간의 형상을 하고 있는 조각남이었다. 인적이 드문 산중, 그의 은밀한 곳을 한 번 만져 본들 나무랄 사람은 없었다. 흉잡힐 일도 아니었다. 그럼에도 나는 결국 손 한 번 대보지 못하고 뒤로 물러났다. 뜨겁게 다가갔다가 나의 감정을 전하기도 전, 손끝으로부터 차가운 느낌이 전해진다면 나 또한 그대로 굳어져버릴 것만 같았기 때문이었다.

나는 피 끓는 사랑에 데이고 싶었다. 두 눈이 멀고, 가슴이 터지고, 그가 하는 말 이외엔 아무것도 들리지 않는 그런 사랑에 감전이 되고 싶었던 것이다. 그래서 때론 고열에 시달리기도 하고, 상처의 더께도 만들면서 아픈 만큼 성숙해지고 싶었던 것이다.

순도 백 퍼센트의 사랑을 내보이며 이마의 땀을 훔치던 순정남의 심정이 이러했을까. 젊음이 재산목록 일호였던 시절, 내겐 나만의 사랑방정식이 있었다. 그의 고백에도 나의 마음은 쉬이 움직여지지 않았다. 그가 다가오면 다가올수록 나는 스테인리스강보다 더 단단하게 무장을 했다. 비집고 들어올 틈을 주지 않았다. 결국 칼바람에 가슴을 베인 그는 돌아섰고, 나는 바늘로 찔러도 피 한 방울 안 남을 것 같은 냉혈여로 남겨졌다. 여섯 여자들의 유혹에도 눈길조차 주지 않고 서 있는 조각남처럼.

「길」이라 이름 지어진 놈의 곁을 한동안 서성였다. 스테인리스강의 차디찬 몸통에 피를 돌게 하고 심장을 뛰게 만들 수는 없는 것일까? 놈을 바라보는 일행들의 마음도 나와 크게 다르지 않았나 보다. 우리는 각자의 속마음을 글로 표현해 보기로 했다. 내게 주어진 과제는 '아쉬움'이었다.

일행과 함께 산을 내려오며 나는 몇 번이고 뒤를 돌아보았다. 여
전히 「길」이란 명제를 파악하지 못한 채, 아쉬움만 남기고.

# 바람 바람 바람


　해외여행이 자유롭지 않던 시절 신혼여행지로 제주도를 일 순위로 꼽던 때가 있었다. 그 기회를 놓친 나는 짝사랑하는 연인을 그리듯 언젠가 꼭 한 번 가보고 싶은 섬으로 제주도를 점찍어 두었다.

　비행기로 한 시간 거리에 있는 제주도, 이제는 마음만 먹으면 언제든 다녀올 수 있는 섬이기도 하다. 하지만 나는 선뜻 그 품에 들지 못했다. 바쁘다는 이유로, 해외여행에 밀려 다음, 또 다음 기회로 미루다가 얼굴에 적당히 주름을 긋고서야 마침내 발걸음을 놓게 되었다.

　바람, 여자, 돌이 많아 삼다도(三多島)라 했던가?

　제주도의 바람은 역시 제 몫을 톡톡히 해내고 있었다. 추억을 더듬는 친구들과 달리 제주도가 처음인 나는 눈에 닿는 이색적인 풍경 하나 하나에 감탄사가 절로 나왔다. 계절을 앞서 봄물을 들인 가슴이 바닷물처럼 출렁댔다. 유채꽃밭에서, 폭포 아래서, 파도가 넘실대는 뱃전에서 나는 여행으로 달뜬 가슴을 사정없이 풀어 재꼈다. 무엇보다 남정네의 거친 몸짓처럼 전신을 휘감으며 시시때때로 달려드는 바람이 싫지 않았다. 강하게 때론 약하게……. 제주도 여행에서 기억에 남는 몇 가지를 나열해 보라면 나는 주저 없이 바람을 그중 앞자리에 세울 것이다.

둘째 날 아침.
창문을 후둘기는 바람소리에 잠이 깼다.
"오늘 예정대로 마라도에 갈 수 있을까?"
신경세포는 온통 창문에 부딪는 바람세기에 맞춰졌다. 여행일정을 변경해야 할 만큼 고르지 못한 날씨 때문에 조바심이 났다. 나는 바다가 내지르는 비명소리에 귀를 열어 놓은 채 여행일정을 점검해 보았다.
섬에서 섬으로, 그곳에 가면 나를 반겨줄 그 무언가가 있을 것만 같았다. 다행히 한숨 꺾인 바람이 오후 늦게 마라도행 뱃길을 열어 주었다. 선실 유리창 너머로 뱃전에 부딪는 성난 파도를 보며 나는 생각했다. 뱃길을 여는 것은 조타실의 선장이 아닌 바람이라고.
파도는 지치지도 않고 뱃머리를 흔들어댔다. 바람의 허락이 있어야 파도는 뒤챌 수 있는 것일까? 배가 춤을 추듯 흔들릴 때마다 내 마음도 파도를 탔다. 어느 순간 심층 밑바닥으로부터 건져 올린 기억 하나가 꿈틀댔다. 바람으로 다가온 사람.

"난, 내가 바람이었으면 좋겠어요."

전화로 일상의 안부를 전하던 그가 흘리듯 내뱉은 말이었다. 짧은 그 한마디엔 무엇으로도 채울 수 없는 쓸쓸함이 묻어났다. 늘 일정한 거리감을 두고 서 있는 내게 툭 던진 예삿말, 특별할 것도 없는 그 한마디에 붙들려 나는 아주 잠깐 흔들렸다. 눈으로 실체를 확인할 수 없지만 그러나 존재감이 확실한 바람.

마라도행 뱃전에서 까맣게 잊고 있던 그 말이 생각난 것은 왜였을까. 바람이 바람을 불러온 것일까? 난 그제야 바람이고 싶다던 그가 내뱉은 말에 미처 들려주지 못한 때 늦은 대답을 생각해 보았다. '미풍에도 가지가 흔들릴 수 있으나 한 번 뿌리가 내리면 생명이 다할 때까지 그 자리를 지키는 우직한 나무이고 싶다'고. 그러나 때를 놓친 그 말을 전할 길은 어디에도 없었다.

가만 생각해 보니 바람이 다가왔을 때, 나뭇잎이 상처를 입을까, 가지가 꺾일까 그런 염려는 미리 계산하는 게 아니었다. 그냥 바람결에 따라 가지가 휘어지도록 몸을 뒤챘어야 했다. 그랬다면 바람은 신이 나서 더 큰 소리로 노래하고, 오래도록 나뭇가지에 머물렀을지도 모른다.

가보지 않은 길은 항상 미련이 남기 마련이다.

상념(想念)은 배가 마라도 선착장에 닿으면서 끝이 났다. 파도는 여전히 성이 나 있다. 다행히도 바람 따라 뒤채던 내 가슴속의 파도는 쉽게 잦아들었다.

마라도 정상, 그 꼭대기에서 온몸으로 바닷바람을 맞았다. 바람 따라 스러질 듯 몸을 뉘던 철 지난 억새가 하얗게 웃으며 다시 일어났다. 바람이 차다.

# 버킷리스트

영화를 보는 내내 입가엔 연신 웃음이 물렸다. 죽음을 앞둔 두 남자가 남은 인생을 위해 펼쳐 보이는 행보가 유쾌하면서도 감동적이었다. 슬프지만 유쾌한 이야기. 무엇보다 무거운 주제를 앞세웠음에도 앤딩(ending) 자막이 올라갈 때까지 심각하지 않아서 좋았다.

사고나 질병으로 인해 시한부 삶을 통보 받았을 때 사람들은 대부분 부정, 분노, 타협, 우울, 수용이란 다섯 단계에 걸친 반응을 보인다고 한다. 그런 의미에서 볼 때 영화 '버킷리스트'는 내게 시사하는 바가 크다.

재벌가의 회장인 에드워드 콜(잭 니콜슨)은 회의 도중 생혈(生血)로 병원에 입원을 하게 된다. 자신이 회장으로 있는 병원임에도 불구하고 병원 규칙에 따라 독실을 쓸 수가 없다. 2인 1실 병실에서 먼저 입원해 있던 카터 체임버스(모건 프리먼)를 만나게 되면서 이야기는 시작된다. 생존 가능성 5% 미만 6개월이란 시한부 삶을 선고받은 에드워드, 갑작스런 병으로 입원한 카터, 두 사람은 죽음을 목전에 둔 중증 환자였다. 동병상련이랄까. 질병으로 인한 고통 속에서도 두 사람은 신분을 초월한 우정을 쌓아 간다.

어느 날 카터는 대학 신입생 시절 철학교수가 '버킷 리스트'를 만들라고 했던 일을 떠올린다. 죽기 전에 꼭 하고 싶은 일, 보고 싶은 것들을 적어 보는 것이다. 젊은 시절 보고 싶고 해보고 싶은 일이 한두 가지였을까. 역사학 박사를 꿈꾸었던 청년 카터는 46년 후, 자동차 정비사로 기름에 절어 있을 자신의 모습을 상상도 못했을 것이다. 현실은 그렇게 꿈꾸는 대로 이루어질 만큼 희망적이지도 만만하지도 않았다.

이루지 못한 사랑이 더 애틋한 것처럼 이루지 못한 꿈이 더 아쉬움으로 남는 법이다. 카터는 숙제를 하듯 얼마 남지 않은 시간 동안에 하고 싶은 일들을 메모해 나갔다. 그런데 휴지조각이 되어 쓰레기통에 버려진 메모지가 에드워드의 손에 들어가면서 카터의 소박한 꿈은 현실로 이어진다.

    * 모르는 사람 도와주기

    * 눈물 날 때까지 웃기

    * 정신병자 되지 않기

* 스카이다이빙 경험하기

* 장엄한 것을 직접 보기

* 세상에서 가장 아름다운 소녀와 키스하기

* 문신하기

시한부 인생의 두 남자가 함께 작성한 생의 마지막으로 해보고 싶은 버킷리스트의 내용이다. 가족들의 만류에도 불구하고 병원을 뛰쳐나간 두 사람은 스카이다이빙을 경험하고, 문신을 하고, 또 눈물이 날 때까지 웃어대며 리스트에 오른 목록을 하나하나 지워나간다.

죽음을 목전에 둔 그 상황에서도 긍정적인 사고와 여유 있는 그들의 행동이 나는 존경스럽기까지 했다. 그들이라고 해서 질병으로 인한 고통과 죽음에 대한 두려움이 왜 없었겠는가.


건강검진 결과 재진을 요구하는 의사의 말에 지레 겁을 먹고 밤잠을 설치며 고민했던 몇 년 전의 일이 떠올랐다. 결과가 나오기도 전, 옷장 정리를 하고 남편에게 생명보험증서를 내보이며 눈이 퉁퉁 붓도록 울었던 내가 아니었던가. 오래된, 지금보다 훨씬 젊었을 때의 일이고 보면 나는 그때 삶에 대한 관조나 죽음에 대한 마음의 준비가 되어 있지 않았던 모양이다. 죽음은 나와 상관없이 아주 먼 곳에 있다고 생각했기 때문이다.

지금이라고 해서 특별히 달라진 것은 없다. 죽음을 향해 가는 길이 여행을 떠나듯 그렇게 즐거울 수만은 없을 테니까.

　좋든 싫든, 원하든 원치 않든 우리는 늘 죽음 가까이에 있다. 더 늦기 전에 에드워드나 카터처럼 버킷 리스트를 작성해 볼 일이다. 죽기 전에 꼭 해보고 싶은 일, 보고 싶은 것들을 적어 보며 이쯤에서 나를 점검해 보는 것이다. 리스트에 오른 것들을 하나하나 실천에 옮기고 지워가다 보면 '삶과 죽음이 자연과 하나가 아니겠는가.'라던 그 말을 이해할 날도 오지 않을까.

# 감전 후에

내 일이 아니면 쉽게 잊혀지는 것이 세상인심인가 보다. 짧지 않은 세월, 나는 이웃의 불행을 까맣게 잊고 있었다. 티브이를 통해 그 아이를 만나지 않았다면, 영영 기억 뒤편으로 사라졌을지도 모를 일이었다.

여섯 살 똘망했던 아이는 두 팔을 잃는 절망 속에서도 좌절하지 않고 훌륭한 청년이 되어 세상을 향해 우뚝 서 있었다. 링 귀고리에 브릿지를 넣은 펑크 헤어스타일이 곱상한 얼굴에 잘 어울렸다. 요즘 또래 청소년에게서 흔히 볼 수 있는 그런 발랄한 모습이었다. 얼굴 모습만 본다면 장애인이라고 믿어지지 않을 정도로 밝고 건강해 보였다. 대견스러웠다. 이름을 부르기가 어색할 만큼 훌쩍 커 버린 아이를 보며 나는 한동안 가슴이 먹먹했다.

벌써 십오 년 전의 일이다. 같은 평수, 사는 정도가 비슷비슷한 서민아파트는 늘 고만고만한 아이들의 재잘거리는 소리로 조용할 날이 없었다. 우리 통로에만도 또래 아이들이 예닐곱 명이나 되었다. 넉넉지 않은 가운데 이웃 간엔 음식 접시가 오가고 아이들의 교육정보와 살림의 지혜를 나누던, 지금보다는 훨씬 사람 사는 냄새가 나던 때였다.

교육열이 높았던 부모의 영향을 받은 때문인지 아이는 여섯 살 나이답지 않게 똘망했다. 또래 아이들보다 키는 작았지만 하는 짓이 어른스러웠다. 이웃해 사는 아이들과도 다투는 일 없이 잘 어울렸다.

처음 아이의 사고 소식을 들었을 때, 나는 그저 가벼운 외상 정도이겠거니 했다. 여섯 살 어린아이에게 감전사고가 얼마만큼 치명적인 것인지 모르는 상황에서 수술을 하면 얼마 지나지 않아 완쾌가 될 것이라고 믿었다. 그러나 많은 사람들의 간절한 기도에도 불구하고 시간이 지날수록 절망적인 소식만 날아들었다. 감전으로 인해 썩어 들어가는 부위를 절단해야 하는데 엄마가 수술을 거부한다는 것이었다. 어느 부모인들 자식을 신체장애자로 만들고 싶겠는가. 어린 자식을 지키지 못한 죄책감으로 피가 마를 어미의 마음이 고스란히 전해졌다.

얼마 후, 결국 두 팔을 잃었다는 안타까운 소식이 전해졌다. 너무도 엄청난 사실에 아이의 안부를 묻는 것조차 조심스러웠다. 극도로 예민해진 아이와 엄마는 가까운 이들에게조차 곁을 주지 않았다. 위로의 말이라도 건네고 싶었지만 병문안마저 거절당했다. 누구보다 신앙심이 깊던 사람이 교회 목사님의 기도마저 거부하고 대인기피증환자처럼 사람들을 멀리하기 시작했다. 세상을 향한 원망이 얼마나 컸으면 믿었던 종교마저 등을 보였을까.

어느 날부터 303호에서는 사람소리를 들을 수가 없었다. 가끔 아이의 외할머니가 옷가지를 챙겨가는 정도였다. 사고 이후, 그 어느 곳에서도 아이와 그 엄마를 보았거나 만난 사람은 없었다. 시간이 지나면서 소식조차 들을 수가 없었다.

두 계절이 바뀌고 이삿짐센터 직원들에 의해 살림살이가 실려 나가던 날, 나는 정든 이웃을 떠나보내며 남몰래 눈물을 훔쳐야만 했다.

아이가 뛰놀던 공간은 곧바로 신혼부부의 새살림으로 채워졌고, 시도 때도 없이 들려오는 신혼부부의 웃음소리에 묻혀 아이의 일도 시나브로 세월 속에 묻혀버렸다.


인사도 못 나누고 헤어졌는데. '잘 자라 주었구나.' 나는 아이의 일상을 담은 티브이 화면에서 한시도 눈을 뗄 수가 없었다. 비록 방송을 통한 만남이었지만 반가웠다. 두 엄지발가락을 이용해 컴퓨터 자판기를 두들기고, 친구들과 어울려 축구를 하는 모습 어디에서도 그늘진 곳을 찾아볼 수가 없었다. 아이는 요즘 장애인전용 운전면허를 취득하기 위해 연습 중이라고 했다. 더 넓은 세상으로 나가기 위한 도전이 아닐 수 없다. 아이가 희망에게 건네는 악수인 것이다.

　꿈과 희망이 있는 한 또 다른 미래가 펼쳐질 것이다. 어려운 환경에서도 결코 포기하지 않는 아이의 도전정신에 박수를 보낸다. 아이가 감전된 두 팔로 껴안은 세상은 정상인의 그것보다 훨씬 더 희망적으로 보였다.

# 안개 속의 보리암

　7월 장맛비의 위력도 보리암을 향한 나의 마음을 돌려놓지는 못했다. 우중에 장거리 여행이 괜찮겠냐는 식구들의 걱정에, 우산 하나 배낭 속에 챙겨 넣는 것으로 답을 대신했다. 여행의 참 맛을 알기에는 비 오는 날이 제격이라며 합리화를 시키지 않더라도, 몇 날을 가슴 설레며 기다렸던 남도여행이던가. 보리암으로 내닫는 마음은 이미 고삐가 풀린 상태였다.

　보리암에 세 번 다녀왔다는 친구의 말에 의하면 그곳에서 죽어도 좋을 것 같은 생각이 들더라고 했다. 짙은 안개에 싸여 한 치 앞도 분간할 수 없는 산길을 친구가 들려준 그 말을 두어 걸음 앞세우고 걸었다.

　세속의 때를 벗지 못한 중생의 허물을 가려주기라도 하는 것일까. 낮게 내려앉은 구름도 때 맞춰 몸을 풀었다. 천지를 구분하기 힘들 정도로 보리암 오르는 길엔 회색의 미립자들이 시야를 가렸다. 해무, 는개, 안개비라 제각기 이름하여 부르며 일행은 조심조심 보리암을 향해 발걸음을 옮겼다.

바람은 우산을 접으라 하고, 촉촉이 스미는 안개비는 얼굴을 간질이며 머리카락을 차분하게 쓸어 내렸다. 바다를 품어 안고 금산을 휘돌아온 작은 물 알갱이들이 소리 없이 온몸을 헤집고 들어왔다. 올올이 풀어낼 그 무슨 정한이라도 있는 것일까. 치밀어 오르는 속울음을 들키지 않으려 나직이 긴 한숨을 토해 보았다.

그렇게 얼마를 걸었을까. 신라 때 원효대사가 창건했다는 고찰 보리암이 조금씩 모습을 드러내기 시작했다. 선뜻 그 모습을 내보이지 않는 것은, 먼 길 마다 않고 달려온 나의 들뜬 마음을 다독이기라도 하려는 것인지. 아니면 아름다운 비경에 가슴 데이고 눈이라도 베일까 봐 염려스러웠던 것인지. 한눈에 볼 수 없는 것에만 안달하며 경내로 들어서려는데 발길을 잡아채는 소리가 있었다. 저녁 예불을 알리는 타종소리였다. 웅장하면서도 은은하게 울려 퍼지는 범종소리, 소리의 파장은 어느새 내 가슴속에서도 일었다. 절묘한 타이밍에 감사하며 법당 안으로 들어가기 위해 살며시 덧문을 밀고 들어섰다.

넌출대는 해무의 춤사위, 법당 안까지 한 자락 끌어다 놓고 달아나는 바람이 밉지 않았다. 정적이 맴도는 가운데 목탁 소리 들리고, 불자들이 저녁 예불을 드리는 모습이 한눈에 들어왔다. 경건한 그 모습을 보며 선뜻 안으로 들어가지도 못하고, 입구에 선 채 고개를 숙이고 두 손을 모았다. 나처럼 불자가 아닌 사람들이 하나님 아들 이름으로 기도를 해도 좋을 만큼 넉넉한 품이 느껴졌다.

백일기도의 효험이 있어 건국에 성공했다는 태조 이성계의 실화가 생각났다. 그러모은 두 손에는 간절한 염원이 모아졌다. 고3 아들의 모습이 떠올랐다. 한 가지 소원은 들어준다는데 원하는 대학에 갈 수 있게 해달라고 할까. 아니면 병중에 있는 친구 남편의 건강을 빌어 볼까. 가까운 사람들의 얼굴이 하나 둘 스쳐 지나갔다. 어느 누구도 우선순위에 두고 싶지 않은 사람이 없었다. 끊어질 듯 이어지는 타종소리에 만 가지 생각이 꼬리에 꼬리를 물었다. 부처 님은 이기심과 탐욕을 버리라고 했는데, 나는 세속적인 욕망에 덧칠만 하고 있는 것은 아닌지. 무엇으로 내 안에서 요동치는 욕망의 뿌리를 자를 수 있을까. 아무 말도 못하고 그렇게 한참을 서서 생각을 고르다 법당을 나왔다. 밖은 여전히 회색의 미립자들로 둘러져 있었다.

요사채 밑으로 놓여 있는 돌계단을 따라 내려갔다. 이성계가 건국을 위해 백일기도를 드렸다는 '이씨 기단'으로 이어지는 길은 조금만 한눈을 팔거나 늑장을 부려도 앞사람이 안 보일 정도로 짙은 안개에 싸여 있었다. 정적에 싸여 괴괴함마저 느껴지는 그 길을 조심스레 걸으며 나는 잠시, 우리네 삶이 어쩌면 이 안개 속과 같다는 생각을 해보았다. 가정경제가, 불투명한 미래가, 수능시험을 앞둔 아들의 진로문제가 이 안개 속처럼 한 치 앞을 내다볼 수 없기는 마찬가지가 아닐는지.

이씨 기단으로 이어지는 길 그 어디쯤에서 되돌아 나오며 나는 누구에겐지 모르게 혼잣말을 중얼거렸다.

"내 맘 아시지요?"

# 레스토랑 세실


코트 깃을 여미게 하는 쌀쌀한 날씨 때문에 성급하게 봄을 불러들인 여심은 이내 자라목이 되었다. 심술이 난 것일까. 바람은 길가에 나뒹구는 휴지 조각을 쓸어안고 쏜살같이 내뺀다. 덕수궁 돌담길을 한 바퀴 돌아볼 양으로 아침 일찍 서둘렀는데 추운 날씨 때문에 생각을 접어야 했다. 명절 연휴 끝이라 그런지 거리는 한산했다.

레스토랑(Cecil Restaurant) 세실.

가게 문을 밀고 들어서자 탁 트인 넓은 실내가 눈에 들어왔다. 잔잔한 음악이 흐르는 가운데 몇몇 손님들이 식사를 하거나 차를 마시며 담소를 나누고 있었다. 실내를 감싸고 흐르는 올드 팝송의 선율과 클래식한 인테리어의 멋이 세실 레스토랑만의 독특한 분위기를 자아냈다. 이른 시간이라 그런지 손님은 생각보다 적었다. 예

약된 좌석으로 안내하는 종업원의 뒤를 따라가며 다시 한 번 실내
를 찬찬히 훑어보았다. 실내 장식으로 쓰인 소품 하나하나에도 꽤
나 신경을 쓴 듯했다.

세실은 1979년에 개점하여 24년째 영업 중이다. 전·현직 대통령
과 각계 종교대표 등 유명 인사들의 모임 장소로도 한 시대를 풍미
했던 세실은, 지금도 기자회견은 물론이고 각종 단체 모임 및 가족
단위의 기념행사장으로 많은 이들이 찾는다고 한다. 80년대 초에
는 386세대라고 부르는 젊은이들이 민주화를 열망하며 절규하던
토론의 장으로도 유명했다고……. 그 시절 울분을 토해내며 절규
하던 젊은이들의 민주화가 뿌리를 잘 내렸는지 한 번 되짚어 볼
일이다.

인터뷰에 응해 준 여사장은 친절하게 세실을 소개하며 시종일
관 웃음을 잃지 않았다. 전직 초등학교 교사로서 탈 주부를 선언하
며 서비스업에 뛰어든 그녀의 경영철학은 어떤 일을 시작할 때 '실
패를 미리 두려워하지 말라'는 것이라고 한다. 24년이란 세월의 무
게만큼이나 많은 에피소드를 담고 있는 세실은 최고의 맛과 질 높
은 서비스, 고객 위주의 편안한 분위기를 원칙으로 그 전통을 이어
가고 있다고.

정년이 언제냐는 질문에 여사장은 뜸을 들이듯 한참을 생각하
다 입을 열었다.

“아마도 여든 살 정도가 되지 않을까요?”

눈가에 고운 주름을 접으며 웃는 모습이 아름다웠다. 건강이 허락하는 한 세실을 운영할 것이라고. 백발의 老사장! 몇 십 년 후의 그녀의 모습을 그리며 가게 문을 나섰다.

# 이삭줍기

완연한 가을이다. 차창을 통해 바라본 들녘은 온통 가을 색으로 물들어 있다. 멀리 또 가까이 가을걷이를 하는 농부들의 모습이 또 하나의 풍경으로 다가온다. 밀레의 이삭 줍는 여인을 떠올릴 만큼 한적하고 평화로워 보이는 들녘, 바라만 보아도 푸근하고 가슴이 넉넉해진다. 벼 베기가 끝난 논배미엔 밑둥만 남은 그루터기가 끝없이 펼쳐져 있다. 먹이를 찾아 논배미에 내려앉은 참새 떼처럼 금세라도 어릴 적 친구들이 나타날 것만 같다. 선생님과 함께 벼이삭 줍던 코흘리개 친구들! 추억 속에 머물러 있는 그들이 있어 난 이 가을이 더욱 풍성하게만 느껴진다.

초등학교 5학년 가을의 일이다. 벼 베기가 거의 끝나갈 무렵이었다. 평소에도 숙제를 많이 내주기로 유명하셨던 선생님은 어느 날,

우리 반 아이들 모두에게 별난 숙제를 하나 내주셨다. 일주일에 두 번, 편지봉투 하나 분량의 볍씨를 가져오라고 했다. 그런데 집에서 탈곡한 것이 아닌 꼭 벼이삭이라야만 했다. 처음 얼마 동안은 선생님과의 그 약속을 지키기 위해 학교가 파하기 무섭게 친구와 함께 논바닥을 훑고 다녔다. 그런데 몇 번 하다 보니 꾀도 나고 표시가 나는 것도 아니어서 나는 가끔 부모님 몰래 볏가마니의 벼를 조금씩 축내곤 했다.

벼이삭 모으기는 그렇게 시작됐다. 그것도 모자라 선생님은 매주 토요일이면 방과 후 아이들을 데리고 논으로 가서 함께 이삭줍기를 했다. 친구들과 함께 벼이삭을 줍는 것은 생각보다 재미있었다. 망태기 대신, 책보로 쓰던 보자기를 허리춤에 묶어 커다랗게 주머니를 만든 다음 이삭을 주워 담았다. 장난이 심한 남자애들은 선생님이 안 보는 틈을 타서 군데군데 쌓여 있는 낟가리에서 슬쩍슬쩍 벼를 끊어 담기도 했다. 어쩌다 올려다본 하늘은 왜 그렇게 높고 파랬는지…….

벼이삭 줍기는 한동안 계속되었다. 하지만 그것이 어디에 쓰일 것인지 아는 애들은 아무도 없었다. 선생님께서는 그저 좋은 일에 쓸 것이라고만 했다. 유독 호기심 많고 장난이 심했던 상혁이만이 벼이삭 모은 것은 선생님 댁에서 기르는 닭의 모이로 쓸 것이라며 떠들고 다녔다.

그렇게 모아진 벼이삭이 어느 날 106권의 동화책으로 바뀌어 아이들 곁으로 돌아왔다. 마치 요술방망이라도 휘두른 것처럼……. 우리 반 아이들은 교실이 떠나갈 듯 환호성을 지르며 기뻐했다. 선생님이 그렇게 멋져 보일 수가 없었다. 어른이 되면 나도 꼭 선생님이 되어야겠다고 마음먹은 것도 아마 그 무렵이었지 싶다.

누구보다 빨리 많은 책을 읽고 싶은 마음에 나는 도서부장을 자청했다. 3일에 한 권 빌려 보는 것으로는 성에 차지 않았다. 106권이란 숫자를 정확히 기억하는 것도 아마 그 때문일 것이다.

책벌레란 싫지 않은 별명을 얻게 된 것도 그때였다. 거지왕자, 알프스의 소녀, 콩쥐팥쥐 등 많은 책을 읽으며 나는 때로 책 속의 주인공처럼 부자도 공주도 되어보며 또 다른 내가 되어 꿈을 키워 나갔다. 알프스의 소녀를 읽고 하이디 흉내를 내느라 다락방에 올라가 촛불을 켜놓고 책을 보다 실수로 앞 머리카락을 태웠던 일, 부모님이 심부름이라도 시킬까 봐 제청이 모셔져 있는 건넌방에 몰래 들어가 무서운 줄도 모르고 책을 읽던 일 등은 모두 책을 아끼고 사랑했던 어린 시절의 소중한 추억으로 남아 있다.

전교생이 고작 오백 명 남짓한 시골의 작은 초등학교, 열악한 환경에도 불구하고 학급문고를 만들어 많은 책을 읽을 수 있게 해주셨던 김병철 선생님을 나는 지금도 잊을 수가 없다. 책을 통해 꿈을 심어주고 책벌레란 별명을 얻게 해주셨던 선생님! 지금은 만나 뵐 수 없는 머언 곳에 계시지만 영원한 스승의 모습으로 내 가슴에 남아 있다.

# 끝
가
벘

# 문예 창작호

　어느 날, 나는 두툼한 노트 한 권과 연필 한 자루만을 준비한 채 먼 여행길에 올랐습니다. 그 길은 험하고도 가기 힘든 그런 곳이라 했습니다. 그러나 나는 가보기로 했습니다. 가다가 보면 지름길이 나오겠지 하는 마음에서였지요.

　기차를 탔습니다. 시호(詩號), 소설호(小說號)도 있었지만 나는 수필호(隨筆號)를 타기로 마음먹었습니다. 그것도 완행으로 말입니다.

　손에 쥐어진 차표에는 '문예창작'이라고 쓰여 있었습니다. 아마도 내가 가고자 하는 목적지의 이름인 모양입니다. 기차 안에는 많은 사람들로 복잡했지만 용케도 나는 창가에 자리를 잡을 수 있었습니다. 서 있는 사람들에게는 조금 미안했지만 내겐 퍽 다행한 일이었죠. 기차가 서서히 움직이기 시작할 때쯤 노트를 펼쳐 들었습니다. 그리고 이렇게 써보았습니다.

"○○문학 5집을 준비하며"

그리고 다음 장을 넘겼습니다. 열심히 스케치도 하고, 차창을 통해 보고 느낀 것들을 메모해 나갔습니다. 실타래처럼 엉킨 묵은 기억 속에서도 몇 가닥 끌어 올려 늘어놓아 보았습니다. 자신의 경험이나 생각을 솔직하게 드러내 보라는 안내방송을 듣고, 남편이 오디오도 안 사준다며 고자질하는 글도 썼습니다. 삼십여 년 전, 어머니 몰래 아이스케키 사먹은 얘기도 얼결에 털어 놓았습니다. 털어놓고 나니 속은 후련했지만 당사자들에게는 조금 미안했습니다.

다음 장, 또 다음 장으로 계속 되었습니다. 한 번 다시 보고 싶은 것도 있었지만 차라리 눈감아 버리고 싶은 장면도 많았습니다. 한참을 정신없이 달렸죠. 어디쯤 왔을까 생각하며 지루하기도 하고 잠시 쉴 생각으로 연필을 내려놓으려던 나는 곧바로 고쳐 쥐었습니다. 새로운 사실을 발견하고 나도 모르게 긴장이 되었습니다.

옆자리가 비어 있더군요. 밖의 풍경에 정신이 팔려 별로 신경을 쓰지 못했는데 환승역에서 급행열차로 갈아탄 모양입니다. 약삭빠른 그녀를 보며 한순간 내 자신이 바보스럽기도 하고 동행자의 변심이 서운하기도 했습니다. 하지만 곧 잊어버리기로 했습니다. 눈앞에 보이는 이익만을 생각하다 보면 때로 소중한 것을 잃을 때도 있으니까요. 그것을 깨닫기까지는 많은 시행착오를 거치게 되겠지요. 어차피 종착역에 가면 만나게 될 목적이 같은 사람들입니다.

이런저런 생각으로 혼란스러워 잠시 눈을 감고 있을 때였습니다. 옆자리에 앉기를 부탁하는 사람이 있었습니다. 눈을 뜨고 보니 겉표지가 낡은 두툼한 책을 든 사람이 서 있었습니다. 고개를 끄덕였죠. 외양은 별로 내세울 것 없는 평범한 사람이었지만 뭔가 통할 것 같았습니다. 문학을 사랑하고 이해할 수 있는 사람이었으면 좋겠다는 생각을 했습니다.

그와 많은 이야기를 나누었습니다. 주제 하나를 놓고 맞장구를 치기도 하고, 상반된 의견 때문에 오랜 시간 입씨름을 하기도 했습니다. 이야기가 무르익어 갈 무렵, 조심스레 나의 행선지를 밝혔지요. 아무 말없이 창밖을 내다보던 그가 시선을 거두며 어렵게 입을 열었습니다.

"뼈를 깎는 고통, 그리고 철저한 자신과의 싸움이 따르겠지요. 그 길은 아무나 쉽게 가는 그런 곳은 아닐 거예요."

말을 마친 그는 긴 한숨을 내쉬었습니다. 씁쓸한 여운을 남기며 한숨을 내쉬는 그를 보며 나는 갑자기 미로 속을 헤매는 기분이 들었습니다. 섣불리 길을 나선 자신이 후회스럽기도 했습니다. 하지만 여전히 노트의 빈 공간은 채워져 갔고 다음 장, 또 다음 장으로 이어져 갔습니다.

열차가 서행을 하기 시작하는군요. 사람들이 웅성대기 시작해 정신을 차리고 보니 저마다 짐을 챙기느라 정신이 없었습니다. 이번 역에서 내리는 사람들인 것 같습니다. 손에 든 보따리가 제법 무거워 보였습니다. 시, 소설, 수필들이 들어 있을 거라고 지레 짐작을 하며 자세히 보니 낯익은 얼굴들도 있었습니다. 반갑기도 하고 불안하기도 해서 덩달아 내릴 준비를 하는데 저만치서 검표원이 다가오고 있네요. 얼결에 노트를 내밀었습니다. 가슴을 졸이며 결과를 기다렸지요. 검표원의 표정이 심상치가 않군요. 이윽고 한마디.

"힘이 부족해요. 쉬어 갈 곳에서 내처가고."

역시, 멀고도 험한 길인 것 같습니다.

# 꼴값

꼴값을 해야지.

한 해의 계획을 세우며 내게 다지는 각오다. 남편과 딸아이는 꼴값을 하겠다는 내 말에 배를 잡고 웃는다. 그도 그럴 것이 얼굴이 잘난 사람에게는 최고의 찬사가 되는 '꼴값 한다'는 말이 보통의 경우 부정적인 의미로 받아들여지기 때문이다. 대다수의 사람들이 꼴값한다는 말에 기분 좋아하기보다 얼굴 표정이 굳어지는 것도 아마 그 때문일 것이다.

그렇더라도 올 한 해, 나는 제대로 된 꼴값을 한 번 해보고 싶다. 내게 주어진 몫의 값을 하기 위해서…….

그렇게 마음먹기까지는 지나치게 겸손한 것이 흠이라며 잘난 척 좀 하고 살라는 친구의 말이 자극제가 되었다.

일곱 명의 글쟁이들이 모인 송년회에서의 일이다. 한 해를 마무리 하며 이런저런 덕담을 나누는 뜻깊은 자리였다. 작품을 합평하는 모임의 특성(特性)을 접어두고 그날은 개개인에 대한 장점을 말해 주기로 했다. 먼저 본인이 자신의 장점을 말하고 나면 나머지 여섯 명이 차례로 그 사람에 대해 평소 느꼈던 좋은 점을 이야기해 주는 그런 시간이었다. 단점을 생략한 것은, 약이 될 수도 있는 애정 어린 충고가 자칫 상처로 남을 수도 있기 때문이었다. 굳이 상대방의 단점을 끄집어내서 화기애애한 송년회 분위기를 망치고 싶지 않은 것도 같은 이유였을 것이다.

적잖은 세월, 도반(道伴)의 길을 걸어온 글벗들의 속내가 분위기에 취해 또는 알코올의 힘을 빌어 속속들이 쏟아져 나왔다. 동전의 양면을 보듯 더러는 장점이 단점이 되는 경우도 있었다. 나중에 녹음을 풀어 정리한 내용을 보니 A4용지 다섯 장이 넘는 분량이었다.

칭찬은 고래도 춤추게 한다는데 가까운 사람들로부터 칭찬을 듣는다는 것은 기분 좋은 일이었다. 짧은 시간에 엔도르핀 수치를 올리는데 그만한 이벤트가 또 있을까.

'여성스러운 반면 까칠한 성격이 매력적이에요. 개성으로 가꾸어 나가세요.'

'모든 것을 이해해 줄 것 같은 넉넉함이 좋아요.'

'지나치게 겸손하니 앞으로는 잘난 척 좀 하고 사세요.'

'잘 챙겨주고 언제든지 찾아가면 환영해 줄 것 같고 만나 줄 것 같은 사람.'

‘이상을 높게 두고 있으면서 자기는 늘 목표치에서 멀리 있다고 생각하는 사람.’

많은 이야기들이 봇물 터지듯 쏟아져 나왔다. 생각지 않은 칭찬에 쑥스럽기도 했지만 싫지는 않았다. 특별히 내세울 것 없어 매사에 자신 없어 한 나의 행동이 타인에게는 겸손으로 비춰지기도 했던 모양이었다. 하긴 경쟁시대에 살면서 능력 이상으로 자신을 추켜세우고 내세우는 사람들이 더 많은 세상 아닌가. 문학을 액세서리처럼 달고 다니며 염불보다 잿밥에 관심이 많은 사람, 패거리 문화를 조성하며 문단을 어지럽히는 이들을 가까이 또 멀리서 보아왔다. 그래서인지 잘난 척 좀 하고 살라는 그 말이 ‘제발 꼴값 좀 하라’는 말로 들려 자꾸만 웃음이 나왔다.

무엇의 값을 한다는 것이 쉬운 일은 아닐 것이다. 내가 몸담고 있는 그 세계에서는 더욱더 그렇다. 무늬만 화려한 사람으로 남지 않기 위해 나 스스로를 위해 회초리를 든다.

문단의 중심에서 끊임없는 창작으로 자기 몫을 톡톡히 해내는 친구들이 곁에 있어 든든하다. 그들이 보여준 문학에 대한 열정이 내게도 전이되어 올해는 글쟁이로서의 제대로 된 값을 하고 싶다. 사전적 의미의 꼴(얼굴)값이 아닌 글쟁이로서의 값, 글 값. 바로 그것 말이다.

# 숫자놀이

　나는 가끔 나를 둘러싸고 있는 모든 것들을 수치로 나타내거나 환산해 보는 버릇이 있다. 잠 못 들어 뒤척이는 밤, 전철이나 버스 안에서 무료한 시간을 보낼 때면 습관처럼 숫자놀이를 하곤 한다. 시, 분, 초 단위로 계산하기도 하고 금액으로 환산해 보기도 한다. 재미있는 것은 주변의 어느 것 하나 수와 관련되지 않은 것이 없다는 사실이다.

　태어나는 순간부터 나를 따라 다니는 고유번호, 아니 그보다 먼저 이 세상에 나를 태어나게 한 2~3억대 1이라는 치열한 경쟁률, 살고 있는 집의 평수, 중간고사를 치른 아들의 시험성적, 수입과 지출, 그리고 각종 설문조사를 통해 나타나는 통계 수치들이다. 합격률, 시청률, 이혼율, 평균 수명, 심지어 드러내기를 꺼리는 은밀한 부부의 성문제까지 조사되어 발표되고 있는 세상 아닌가.

특히 올림픽에서의 각종 경기는 순위 다툼과 신기록 갱신으로 숫자놀이의 절정을 이룬다. 올림픽의 꽃이라고 할 수 있는 육상경기, 그중에서도 100m 달리기는 보는 이로 하여금 손에 땀을 쥐게 한다. 거의 동시, 결승선에 들어서는 선수들의 등위를 육안으로 가리기란 쉽지가 않다. 이때 시시비비를 가리며 선수들의 메달 색깔을 결정하는 것은 소수 몇 단위까지 체크되는 계기판의 수치다.

얼마 전 국제빙상경기연맹(ISU) 쇼트트랙 월드컵 2차 대회에서 3관왕을 차지한 이호석 선수의 1,500미터 경기 장면을 나는 잊을 수가 없다. 이정수 선수와 거의 동시에 스케이트 날을 들이미는 명장면을 연출하여 보는 사람들로 하여금 손에 땀을 쥐게 했던 것이다. 판독 끝에 겨우 메달 색깔을 가려낼 수 있었다. 이호석 선수는 0.002초 차이로 1위의 영광을 차지한 것이다. 정말 눈 깜빡할 사이의 일이었다.

불가에서는 짧은 순간을 나타낼 때 찰나라고 말한다. 음의 수에 해당되는 찰나는 시간의 제일 긴 것을 의미하는 영겁에 반대되는 말이다. 가장 짧은 것을 의미하는 말로써 하루라는 시간을 64억9천9백80 찰나로 본 것이다. 얼마나 짧은가를 짐작할 수 있으니 우리에게서 시간의 의미는 그만큼 크지 않을 수 없다.

찰나로 이어진 소중한 시간의 의미, 내가 일생 동안 향유할 수 있는 시간은 또 얼마나 될지. 재미 삼아 평균수명을 시간으로 환산해 보았다. 세계보건기구가 발표한 세계보건보고서의 통계를 분석

한 결과에 따르면 2008년 현재 우리나라 여자의 평균수명은 82세라고 한다. 평균수명을 환산해 보니 2,585,952,000초란 수치가 나왔다. 내가 일생동안 누릴 수 있는 시간의 평균치다. 수치로 나열해 놓고 보니 '겨우 이것밖에?' 하는 느낌이 들었다.

생을 마감하는 날까지 주어진 평균치의 시간을 다 쓸 수는 있는 것인지, 얼마의 시간을 추가 받았거나 또 반납하게 될지, 이 순간에도 찰나적인 시간들이 쉬지 않고 2,585,952,000초에 포함된 시간 속으로 흘러가고 있다고 생각하니 갑자기 수에 갇힌 느낌이 들기도 하고 불안하기도 했다.

글을 쓰고 있는 지금 이 순간에도 나의 숫자놀이는 계속되고 있다. 더하고 빼고, 나누고 곱하고, 수와 더불어 희로애락을 같이 한다. 아파트 평수를 늘리려고, 저금통장의 숫자를 불리려는 욕심으로 물질의 노예가 되어서, 그도 아니면 스스로 계산하고 약속한 시간의 덫에 걸려 허우적대고 있는 것이다.

어느새 인생의 반을 훨씬 넘은 선에 닿아 있다. 그동안 숫자놀이를 하며 단순히 수치를 나타내는 것으로 만족하기도 했고, 때론 과학적 근거에 의해 깊이를 더해 보기도 했다. 1등이란 숫자에 행복한 순간을 맛보기도 했고, 수를 불리려는 욕망으로 불평하고 불만스러워 했던 날들도 많았다. 알량한 자존심을 내세우며 체면치레를 하느라 낭비하고 헛되이 보낸 시간들은 또 얼마나 될지.

모든 사람들에게 시간은 공평하게 주어진다. 그 시간을 쪼개 얼마나 생산적인 일에 투자를 하느냐 소모적인 일에 낭비를 하느냐에 따라 가치는 달라질 것이다. 내가 할 일 없이 백화점을 기웃거리거나 얼굴 도장을 찍어야 하는 모임에 참석해 알맹이 없는 수다를 떨며 헛되이 보낸 그 시간들이 말기 암 같은 시한부 인생을 사는 사람들에겐 얼마나 귀중한 시간이었을까를 생각해 보니 짧은 시각이 더없이 소중하게만 느껴졌다. 그래서 시간을 금이라고 했던가.

생산적이든 소모적이든 나의 숫자놀이는 앞으로도 계속될 것이다. 그러나 이젠 욕심을 버리고 가벼운 마음으로 남은 시간을 자유롭게 보내고 싶다. 지금까지 더하기에 비중을 두고 숫자놀이를 하였다면 이제부터는 덜어내거나 비워내는 빼기 연습을 하면서.

# 가죽피리

왜 하필이면 그 순간에.

타이밍이 조금만 늦춰졌더라면 완전범죄를 노릴 수도 있었을 텐데. 생리현상으로 내 의지와 상관없이 배출되는 방귀를 나무랄 수는 없을 것이다. 하지만 그 자리가 어떤 자리인가. 하나님 말씀을 전하는 목사님 안전이 아니던가. 신성하고 엄숙한 분위기에 방귀소리가 웬 말.

지금도 그 생각만 하면 얼굴이 달아오른다. 생각할 때마다 웃음은 왜 또 그렇게 비어져 나오는지. 방귀소리에 관심을 갖게 된 것도 따지고 보면 그날의 일과 무관하지 않은 것 같다.

실방귀, 똥방귀, 줄방귀, 불방귀, 물방귀, 핵방귀, 무음방귀, 피식방귀, 천둥방귀, 우박방귀, 시들방귀…… 알고 보니 방귀소리에 따라 그 앞에 붙는 이름도 다양했다. 이름만 들어도 뜻풀이가 되는 방귀소리가 있는가 하면 전혀 생소한 이름도 있었다. 그렇다면 신성 모독죄에 비견(比肩)될 십여 년 전의 그 방귀소리는 어느 쪽에 해당될까. 오래전 일이니 정작 방귀세례를 받은 목사님은 잊고 계실지도 모르겠다. 혹여라도 비슷한 사건이 있어 그날의 일이 생각나신다면 제발 기억에서 지워 주시길 하나님의 아들 이름으로 간절히 기도를 해본다.

순전히 계산 착오였다. 차라리 그 자리에 버티고 앉아 수단방법을 가리지 말고 방사 직전에 원천봉쇄를 했거나 최소한 소리라도 낮추었어야 했다. 아무도 모르게 조용히 해결하려 했던 것이 그만 화를 부르고 말았다.

"애들 데리고 내려오세요."

그녀의 목소리는 다른 날보다 한껏 들떠 있었다. 같은 아파트에 살면서 부녀회장에 반장 일까지 맡아 볼 만큼 활동적인 그녀는 이런저런 문제를 핑계 삼아 나를 불러내곤 했다. 나를 교회로 인도하는 것이 목적인 것 같았다. 하지만 그녀의 끈질긴 설득에도 불구하고 나는 요지부동이었고, 그럴수록 그녀가 내게 들이는 공은 눈물겨웠다. 때론 그녀의 지나친 배려가 부담스럽고 성가시기도 했다. 하지만 먼 동기간보다 가까운 것이 이웃사촌이라고 했다. 그녀의 일방적이고도 끊임없는 사랑에 내 쪽에서도 차츰 마음을 열기 시작했다. 그날도 그랬다. 이것저것 따져 묻는 나에게 별일 아니라는 듯 말했다.

"그냥 점심이나 같이 먹게요."

그녀의 말을 액면 그대로 믿은 것이 실수라면 실수였다.

아무 생각 없이 107호 현관문을 열고 들어서는 나를 반갑게 맞아주는 사람이 있었으니 바로 그녀가 다니는 교회 목사님이었다. 함께 초대된 구역식구들은 주방에서 음식을 만드느라 법석이고, 나는 새 신자라는 이름으로 목사님 앞으로 불려나갔다. 그녀가 짜놓은 각본대로 나는 꼼짝 없이 목사님 앞에 무릎을 꿇고 두 손을 모을 수밖에.

이런저런 세상 사는 이야기와 함께 목사님의 설교가 이어졌다. 어색하고 불편했지만 자리를 박차고 나올 용기는 없었다. 시간이 지나면서 설교가 자장가로 들릴 정도로 하품이 나고 지루했다. 어서 빨리 그 자리를 피하고만 싶었다. 그런데 나의 마음을 읽기라도 한 듯, 불편한 심기를 드러낸 곳이 또 있었으니 특급 게릴라전이 벌어지고 있는 뱃속이었다.

"참아야 하느니라. 참는 자에게 복이 있나니."

아래쪽에서 위쪽으로 표 안 나게 힘을 주며 괄약근을 조절해 보았다. 그러나 나의 안간힘에도 불구하고 전진만이 살길인 듯 장내를 통과한 가스가 사정없이 밀고 내려왔다. 더 이상 버틸 재간이 없다고 느껴지는 순간, 나는 벌떡 일어나 화장실을 향해 잰걸음을 놓았다. 그런데 하나님도 무심하시지.

돌아서 놓이는 걸음걸음 방귀소리 요란하였으니 지금도 그 생각만 하면 웃음이 절로 나온다. 헌금(獻金)도 헌물(獻物)도 아닌, 새 신자가 목사님께 드리는 헌취(獻臭)였다.

요즘 유행어처럼 쓰이는 말 중에 '방귀 튼다'는 말이 있다. 방귀를 뀌었을 때 무안하거나 창피함을 느끼지 않아도 될 만큼 가깝고 허물없는 사이를 말하는 것이다. 가까운 정도를 표현하는 우스갯말이 애교스럽기까지 하다. 아무리 그렇더라도 내가 또다시 누구와 방귀를 트는 그런 일은 두 번 다시 없었으면 좋겠다. 아무리 가깝고 허물없는 사이라 해도.

이유야 어찌됐든 일찌감치 목사님과 방귀를 튼 나는, 그날 이후 지금까지 십여 년 넘게 주일날 아침이면 성경책을 챙겨 든다. 이제는 목사님의 설교가 지루하지 않은 것을 보면 시쳇말로 '예수쟁이'가 다 되었다.

"목사님! 그날의 실수를 눈감아 주세요."

나의 때 늦은 애교가 통할지 모르겠다.

# 글사리

문학이 내게 주는 무게나 부피는 가늠할 수 없으나 그것을 나와 따로 떼어 놓고 생각해 본 적은 없다. '사상(思想)을 상상의 힘을 빌어서 글이나 말로 써서 나타낸 예술 작품'이란 사전적 의미를 미루어 놓고 보더라도 내게 있어 글을 읽고, 쓰는 일은 이제 생활의 일부가 되었다.

글 줄기를 가만 따라가 본다. 중년여인의 희로애락이 적당히 녹아들어 있다. 무디어진 감성을 깨우기 위해 안간힘을 쓴 흔적이 보인다. 안정된 생활과 여분의 시간으로는 결코 채울 수 없는 허기가 곳곳에서 느껴진다. 끝없이 이어지는 복잡한 감정과 씨름을 하기도 하고, 이상과 현실 사이에 행간을 두고 타협점을 찾느라 갈등하기도 했다. 갈 길이 멀다며 주저앉은 적은 또 몇 번이던가. 책장을 넘기며 하얗게 밤을 지새우던 날에도, 목적지도 없이 의정부행 전동차에 몸을 맡긴 채 종착역을 돌아오던 날에도, 복병처럼 도사리고 앉아 끈질기게 나를 붙들고 놓아주지 않는 것은 좋은 글을 쓰고 싶다는 욕망이었다.

좋은 글을 읽을 땐 그렇게 쓰지 못하는 자신이 한심해서, 그렇지 못한 글을 읽을 땐 그렇게는 쓰지 말아야겠다며 자신에게 다짐을 하곤 하는 진퇴양난의 연속이다. 오죽하면 그렇게 고민 고민하다가 나중에 '글 사리' 나오는 것 아니냐는 우스갯소리를 들었을까. 기름진 토양을 만들고 그곳에서 글밭을 가꾸기란 생각처럼 그렇게 쉽지가 않은 것 같다. 지성(知性)에서 나오는 직관력과 사유에서 오는 통찰이야말로 좋은 글쓰기의 기초가 되고, 문학 작품으로 승화시킬 수 있는 원동력이 되는 것은 아닐지.

연초에 가까운 친구로부터 메일 한 통을 받았다. 미끈하게 잘생긴 수필, 오목조목 어여쁜 수필, 도무지 감정을 주체할 수 없게 감동적인 수필, 죄 없는 사람도 혹시 죄인인가 돌아보게 만드는 지능적인 수필, 한명(限命)을 다하고 곧 죽을 사람이 나는 잘못 살았구나 하고 깨닫게 해주는 수필을 쓰기 바란다는 내용이었다. 나 아직 사람들의 마음을 감동시키거나 지능적이고 깨달음을 주는 제대로 된 글을 써본 적 없으니 그의 덕담이 글훈처럼 가슴에 와 닿았다.

꿈은 꾸는 자에게 이루어진다고 했다. 구도정진하는 수도승처럼 끝없이 자신을 갈고 닦으며 삶을 조망하는, 그래서 사람들의 마음을 감동시킬 수 있는 제대로 된 글을 펼쳐 보일 수 있다면 더 바랄 것이 없겠다. 본질에 충실하고 어릴 적 자연을 벗하며 꿈을 키우던 순수함이 바탕이 되는 글, 그리하여 나만의 개성 있는 문학세계를 가꾸어 나아가고 싶다. 굳은 사고와 고정관념으로부터 부서지는 날 향기나는 글, 글사리 한두 개쯤 건질 수 있게.

# 비 들어 좋은 날

　들뜬 마음에 한 줄기 빗금이 그어졌다. 전화 데이트를 기대하며 은근히 비가 오기만을 기다렸는데, 태풍이 비껴갔다는 일기예보를 듣는 순간 그녀와 전화데이트를 즐기려던 들뜬 마음도 함께 날아가 버렸다.

　언제부터인가 나는 비가 오는 날이면 전화벨 소리에 촉수를 맞추어 놓고 있다. 내 쪽에서 먼저 수화기를 들 때도 있다. 특별히 할 말이 있는 것도 아닌데 어느 땐 습관처럼 버튼을 눌러댄다. 전화기의 숫자를 누르는 동안에도 송수화기를 타고 전해질 그녀의 목소리를 짚어낸다. 무더운 여름 날 청량제가 따로 없다.

　비가 오는 날이면 생각나는 사람.

　소설가 L을 처음 만난 것은 문학을 통해서였다. 낯가림이 심한 나였지만 상대방을 편안하게 해주는 그녀와는 쉽게 가까워질 수가 있었다. 솔직히 말하면 끈끈한 정으로 얽어맨, 그녀가 쳐놓은 거미줄에 자진해서 걸려들었는지도 모르겠다. 나이 들어가면서 자신의 이야기를 들어 줄 수 있는 좋은 친구가 곁에 있다는 것은 행복한 일이다. 그 어떤 보물에 비교할 수 있을까. 그녀는 내가 아끼는 몇 안 되는 사람 중에 한 사람이다. 그런데 사람들은 말한다.

"누구에게나 다 좋은 사람은 진정한 친구가 될 수 없다."

하지만 그 어떤 단어 선택으로도 합리적인 설명을 할 수가 없다. 나의 표현력이 많이 부족하기도 하겠지만 굳이 설명하고 싶지도 않다. 그 누구도 적을 만들지 않는다는 것이 그녀만의 인간관계를 형성하는 방법인 것 같기 때문이다.

조금은 손해를 본 듯한 계산이 안 되는 헐렁한 마음 씀씀이, 항상 넉넉한 인심으로 사람들을 편안하게 해주는 그녀! 그래서일까. 난 굳이 내보이지 않아도 될 속마음까지 다 내보인다. 허튼소리를 주저리주저리 늘어놓고도 후회하지 않는 것은 넓은 가슴으로 품어 줄 그녀의 도량을 믿기 때문이다. 내 쪽에서 잔소리를 늘어놓기라도 하면,

"내가 원래 좀 그래요."

그 한마디로 모든 답을 대신한다. 자연을 벗하고 사는 생활환경에서 오는 여유일까. 철마다 변화되어 가는 그 모습에서 삶의 순리를, 겸손의 미덕을, 그리고 베푸는 인정을 그려내는 것인지도 모르겠다.

　우정이란 이름의 끈끈막, 그 줄에 걸려든 이상 난 이제 아무리 발버둥을 쳐도 소용이 없다. 조용히 그녀의 언어행동을 주시할밖에. 성난 물건을 붙잡고 오줌발을 갈기는 홀아비의 생리현상을 리얼하게 묘사하다가도, 노부부의 애틋한 정을 뭉텅이로 그려낼 만큼 천연덕스러운 그녀! 그녀가 토해놓은 글들을 눈에 핏발이 서도록 읽어가며 정을 나누는 수밖에.

　이제 조금 있으면 장맛비가 내리는 우기의 계절이다. 그녀와의 전화 데이트 시간도 늘어날 것이다. 장대비가 쏟아지는 7월의 어느 날, 전화선을 타고 들려올 통통 튀는 그녀의 목소리가 벌써부터 기다려진다.

# 지각생

　혼기를 놓친 딸을 바라보는 부모님의 걱정이 내 나이 몇 배로 죄어오면서 화려한 싱글의 꿈은 일찌감치 접어야 했다. 결혼적령기에 놓이면 짝 맞추어 독립을 하는 것이 부모님께 효도하는 것 중 하나라는 것을 혼기를 놓친 다음에야 알게 되었다.

　연애도 기술이라 했다. 연애백서에도 없는 서 푼어치의 자존심만 내세우다가 결국 중매쟁이의 도움을 받게 되었다. 그런데 중매쟁이를 통해 짝을 찾는다는 것도 그렇게 쉬운 일은 아니었다. 선을 볼 때마다 언니는 '이번이 마지막 기회'라며 으름장을 놓았다. 시큰둥한 반응을 보이기라도 하면 나의 약점을 들추며 몰아붙였다.

　"솔직히 말해서 니가 볼 게 뭐가 있니? 나이도 많지. 그렇다고 얼굴이 잘난 것도, 남자를 보쌈해 올 만큼 경제적인 여유가 있는 것도 아니고."

하여 내게서 노처녀의 꼬리표를 떼어준 일등공신은 맞선남의 경제능력이나 조건 등을 부풀린 중매쟁이 고종사촌 언니와 그에 맞장구를 치며 나를 맞선 장소로 내몬 공모자 첫째언니다.

그렇게 해서 스물아홉 살 되던 해 가을, 친구들 중 가장 늦게 결혼을 했다. 결혼 지각생은 또 서른 살이 되어서야 엄마 소리를 들을 수 있었으니 자식 농사도 역시 지각인 셈이었다. 친구들이 고3 엄마가 되어 자녀들의 진학 문제로 골머리를 앓을 때, 나는 초등학교에 다니는 딸아이의 준비물을 챙기느라 정신이 없었다. 어렵사리 노처녀의 꼬리표를 떼었지만 한 번 붙여진 지각생이란 꼬리표는 계속해서 나를 따라다녔다.

그런데 가만 생각해 보니 지각이 반드시 나쁘기만 한 것은 아니었다. 결혼 후, 남편은 노처녀를 구제해 준 은인이 자기라며 우쭐해 하면서도 아내를 사랑하는 마음이 남달랐다. 늦게 만났으니 더 많이 노력하고 사랑하며 살자고 입버릇처럼 말하곤 했다. '우리는 싸우더라도 이불 속에서 싸우자'며 우스갯소리를 할 때면, 결혼 지각생에게 주는 보너스 사랑이라 생각하고 남편의 장단에 박자를 맞추고 추임새를 넣기도 했다.

또 아이들을 키우면서 먼저 결혼한 친구들의 경험에서 우러난 육아상식을 귀동냥해 듣기도 하고, 장난감이나 동화책 등을 물려받으니 가계에도 많은 보탬이 되었다. 무엇보다도 아이를 기준으로 엄마의 나이를 짐작하는 대부분의 사람들이 내 나이를 실제 나이보다 대여섯 살이나 아래로 보았다. 아마도 친구들 중 가장 늦게 할머니 소리를 듣지 않을까?

문학으로의 입문도 마찬가지다. 사십이 넘은 늦은 나이에 원고지 칸을 메우기 시작했으니 그 분야에서도 지각생이 분명했다.

내 의식 한구석을 차지하고 꿈틀대던 문학의 꿈! 그러나 의욕이 능력을 너무 앞선 탓인지 열심히 해보겠다는 것은 마음뿐, 메마른 감성을 추스르느라 시시때때로 속앓이를 해야만 했다. 남편이 시켜서 하는 일이라면 투정도 부리고 눈이라도 흘겼을 텐데, 나 좋아서 하는 일이니 누구를 원망할 수도 없었다. 좀 더 일찍 시작했더라면 하는 마음에 후회가 앞서기도 했지만, 남편이 대기만성도 모르냐며 위로의 말을 덧붙일 때면 나도 모르게 우쭐해지고 전에 없던 용기가 생기기도 했다.

피천득 선생님은 수필은 청춘의 글이 아니요, 서른여섯 살 중년 고개를 넘어선 사람의 글이라고 했다. 또 인생의 향기와 여운이 숨어 있는 글이라고도 했다.

뒤늦게 시작한 글공부. 이십 대의 톡 쏘는 겨자 맛의 글은 아니더라도 곰삭아 발효된 된장 맛 같은 글을 써보고 싶다. 칼국수를 먹으며, 때로 맥주잔을 기울이며 풀어내던 이야기들을 한 줄이라도 좋으니 꾹꾹 눌러 써보고 싶다. 어느 누구에게도 내보일 수 없는 졸작이면 어떠랴!  서랍 속 깊은 곳에 숨겨 두었다가 어느 날 문득, 가슴 밑바닥으로부터 허기가 느껴질 때 꺼내 보면서 결석을

하기보다는 지각생이 되어서라도 결코 포기하지 않았던 내게 박수
를 보내고 싶다.
　참으로 잘한 일이라고.

# 문자메시지 길을 잃다

그야말로 드물게 오감이 만족했던 그런 날이었습니다. 천상의 목소리란 수식어가 무색하지 않았습니다. 소프라노 신영옥 그녀가 혼신의 힘을 다해 가슴으로부터 쏟아내는 아름다운 멜로디는 감동, 그 자체였지요. 그야말로 환상적이었습니다. 멜로디의 전말을 다 이해했다고는 할 수 없지만 내 가슴속 울림통의 파장은 컸더랬습니다. 두어 시간의 공연이 짧게 느껴질 만큼 그 속에 빠져들 수 있었지요. 대중음악에 익숙해진 내게 성악이란 그야말로 어쩌다 맛볼 수 있는 별식이나 특식 같은 것이었는지도 모릅니다. 사실 일반인들이 쉽게 다가갈 수 있는 장르의 음악은 아니잖아요.

무엇보다 마음이 잘 통하는 사람과 함께 공연을 볼 수 있어 행복했습니다. 살다 보면 이렇게 가끔 호사를 누리기도 하나 봅니다. 서울 다녀오는 길에 샀다며 건네주는 멋내기 스타킹까지 챙겨 들고, 저녁식사까지 후하게 대접을 받고 보니 고맙기도 하고 조금 미안하기도 했습니다. 나는 어떤 식으로든 고마운 마음을 표현하고 싶었습니다. 돌아오는 버스 안에서 문자메시지를 보낸 것도 그런 마음에서였습니다.

"덕분에 즐거웠어요. 입도 귀도 그리고 다리까지 호강한 날."

곧바로 휴대폰의 벨이 울리더군요. 나는 폴더를 열기도 전 웃음부터 나왔습니다. 다리까지 호강을 했다는 장난스런 메시지에 돌아올 답장이 궁금했거든요. 그런데 웃음이 채 가시기도 전, 전화기 너머에서 낯선 여자의 목소리가 들려왔습니다. 정신이 번쩍 들더군요. 내가 보낸 문자메시지가 엉뚱한 곳에 잘못 전달되었던 모양입니다.

숫자의 오류, 잘못 누른 전화번호 하나 때문에 고공행진을 하던 나의 감성지수는 금세 하향곡선을 그리기 시작했습니다. 점 하나를 어디에 찍느냐에 따라 님이 되기도 하고 남이 되기도 한다더니 잘못 누른 숫자 하나가 그만 오해를 부른 꼴이 되고 만 것입니다.

이유야 어찌 됐든 곧바로 나의 실수를 인정하고 몇 번이고 사과의 말을 전했습니다. 그러나 전화기 너머 그 여자는 나의 사과에도 끈질기게 물고 늘어지며 계속해서 의심의 말을 쏟아 내더군요. 하긴 내가 생각해도 오해를 부를 만한 내용이긴 했습니다. 남편 휴대폰에 눈도 귀도 그리고 다리까지 호강한 날, 더불어 즐거웠다는 내용의 문자가 찍혀 있다면 누구라도 기분이 좋을 리 없겠지요. 더구나 상대가 여자라면 그냥 모르는 척 넘어갈 일도 아니고요.

"남편과 어떤 사인지 모르겠지만 늦은 시간에 이런 내용의 문자를 보낸다는 게 이해가 안 되네요."

"정말 죄송합니다. 제가 실수로 그만! 정 못 믿겠다면 확인시켜 드릴게요. 원하신다면 함께 갔던 친구의 전화번호를 가르쳐 드릴 테니 지금 당장이라도 확인해 보세요."

따지듯 물어오는 여자의 말에 나는 일일이 설명을 하며 거듭 거듭 사과를 했습니다. 이해를 하는 듯 하던 여자는 전화기의 폴더를 닫기가 무섭게 연거푸 전화를 해댔습니다. 생각하면 할수록 자기 남편과 나 사이가 미심쩍었던 모양입니다. 똑 같은 내용의 말을 몇 번이고 반복해야 했습니다. 미안하다는 사과의 말도 간간이 곁들이면서.

그만큼 설명을 했고 이해를 구했으면 알아들을 만도 했습니다. 하지만 늦은 시간에도 불구하고 여자는 계속 전화기를 붙들고 시비조로 말했습니다. 그 남편의 여성편력이 의심스럽기까지 했습니다. 진심은 통하지 않고 정말 답답했습니다. 버스 안의 사람들이 모두 나만 쳐다보는 것 같아 창피하기도 했고요.

시간이 지나면서 나의 인내심에도 한계가 오더군요. 엉망이 된 기분은 차치하고 같은 이야기를 반복하다 보니 화가 났습니다. 한참을 그렇게 얼굴도 모르는 여자와 실랑이를 벌였지요. 결국 '원하면 언제든지 확인시켜 주겠다'는 말을 끝으로 통화는 끝이 났습니다. 정말이지 지옥이 따로 없더군요.

　문자 배달 사고로 황당한 일을 겪고 나니 온몸의 힘이 쭉 빠지더군요. 마음까지 길을 잃은 양 휘청댔습니다. 집으로 가는 길이 한없이 멀게만 느껴졌습니다. 눈 감고도 훤한, 집으로 가는 길이 왠지 낯설기도 했고요. 나는 오늘 우리 집에 제대로 배달이 될 것인가? 지금 내가 서 있는 자리가 내 인생의 행로에서 옳게 닿은 지점인가 하는 의심이 들기도 했습니다. 내가 알게 모르게 보낸 우정이나 사랑이 혹시 길을 잃고 엉뚱한 곳에서 푸대접을 받거나 천덕꾸러기 신세가 되지는 않았는지 염려스럽기도 하고……. 이런저런 생각이 꼬리에 꼬리를 물고 이어지더군요. 길을 잃고 엉뚱하게 배달된 문자메시지 덕분에 종종거리며 달려갈 밤길이 여유 있는 사색의 길이 되었던 것이지요.

　아무튼, 그날 이후로 전화번호를 누를 때면 몇 번이고 확인을 하는 습관이 생겼습니다. 특히 문자메시지를 보낼 때는 더더욱.

# 밥상머리 행복

여행의 즐거움 중에 빼놓을 수 없는 것이 있다면 현지에서 맛볼 수 있는 음식이다. 특히 해외여행을 하면서 처음 먹어보는 그 나라의 고유음식은 두고두고 기억에 남는다. 국내여행을 할 때도 상황은 마찬가지다. 어쩌다 입에 맞는 별식이나 특식을 만나게 되면 여행의 즐거움은 배가 된다.

거제도의 유명한 횟집에서 바닷물에 절여 숙성시킨 묵은지를 생선회보다 더 맛있게 먹었던 일, 지금도 그 생각만 하면 입에 침이 고인다. 대관령 길목 어디쯤에서 먹었던 산채정식도, 박물관 답사를 마치고 돌아오는 길에 먹었던 올갱이 쌈밥과 두부 정식도 두고두고 기억에 남는다. 기회가 되면 꼭 한 번 다시 들러보고 싶은 곳들이다.

음식을 먹는 것은 영양을 보충하는 것 외에도 먹는 즐거움을 안겨 준다. 먹을 것이 귀하던 시절에 양을 우선으로 했다면 이제는 음식의 질을, 그리고 분위기를 중시한다. 단순히 주린 배를 채우기 위해 음식을 먹지는 않는다.

차 한 잔을 마시면서도 눈으로는 빛깔(視覺)을 찻잔을 통해 손에 느껴지는 온기(觸覺)를 코를 통해서는 향기(嗅覺)를 그리고 혀끝을 통해서는 맛(味覺)을 음미한다고 했다. 분위기 있는 맛집을 찾아서 시간을 투자하고 다리품을 파는 것도 그 때문이다. 먹고 즐기는 여가의 장으로 그 의미가 변해 가고 있는 것이다. 많은 사람들이 외식문화에 길들여져 있다. 여성들의 사회진출이 늘어나고 생활수준이 향상되면서 생긴 사회적 현상인지도 모르겠다. 그럼에도 불구하고 외식문화로 인해 입맛이 평준화되어 간다는 이야기를 들을 때면 왠지 씁쓸하다. 하긴 생필품을 찍어내듯 다양한 먹을거리들이 공장으로부터 쏟아져 나오고 있으니 틀린 말은 아닐 것이다.

미인하고 살면 삼 년이 행복하고, 성격 좋은 여자하고 살면 삼십 년이 행복하고, 음식 잘하는 여자하고 살면 평생이 행복하고, 지혜로운 여자하고 살면 삼 대가 행복하다고 했던가.

같은 재료, 같은 조리 방법으로 음식을 만들어도 먹는 사람의 취향이나 식성에 따라 음식 맛은 다르게 느껴질 수도 있다. 식욕을 잃었거나 배가 부른 상태에서 음식을 먹게 되면 최상의 맛을 기대할 수가 없을 테니까.

오늘 저녁에는 오랜만에 경상도식 토종 된장찌개를 준비해야겠다. 된장찌개를 쇠고깃국보다 더 좋아하는 남편을 위해서.

　퇴근시간이 다가오자 마음이 바빠진다. 코를 벌름거리며 식탁으로 다가올 남편을 생각하며 나는 앞치마를 두른다. 네 식구의 밥상머리 행복을 그리며.

# #카페, 허탕골 딸부잣집

# 엄마의 계단

"시어머니 모시느라고 고생 많지? 며칠 휴가 줄 테니 여행이라도 다녀와."

친정 올케를 위한답시고 선심 쓰듯 덜컥 약속을 해놓고 보니 신경 쓸 일이 한두 가지가 아니었다. 냉장고 칸칸을 어머니가 좋아하시는 음식들로 채우고 깔끔한 성격의 어머니를 위해 이부자리도 새로 장만했다.

굳이 중간지점인 청량리역에서 만나기로 한 것은 나름대로 이유가 있어서였다. 직장일로 바쁜 남동생을 위한 배려이기 했지만 그보다는 오랜만에 어머니와 함께 기차(어머니는 전동차를 기차라고 부름)를 타보고 싶었다.

어머니는 마치 소풍 가는 아이처럼 들떠 있었다. 오랜만에 딸과 함께 하는 나들이가 마냥 즐거우신 모양이다. 전동차 안에서 묻지도 않는 딸 자랑을 하며 주변 사람들의 시선을 모았다. 계단을 오르내릴 때도 성큼성큼, 오히려 뒤따르는 내가 넘어질까 불안할 정도였다.

"나는 차를 타면 안존하니 기분이 좋아진다."

하루 온종일 차만 탈 수 있으면 좋겠다는 어머니는 멀미는커녕 피곤한 내색조차 보이지 않으셨다.

잰걸음을 놓던 어머니가 주춤 걸음을 멈추었다. 부평환승역에서 인천지하철을 갈아타기 위해 설치된 에스컬레이터 앞에 섰을 때였다. 발을 내딛다 말고 어머니는 주춤주춤 뒤로 물러나셨다. 어머니 손을 놓친 나는 순간 당황할 수밖에. 밀려 내려가는 계단을 역으로 거슬러 올라오는데 식은땀이 났다. 그새 어머니 뒤로 많은 사람들이 줄을 대고 있었다. 나는 줄지어 늘어선 사람들에게 죄송하다는 말을 남기고 어머니와 함께 일반 계단을 이용해 내려갔다. 어머니는 많이 놀라셨는지 계단을 내려가는 동안 다리가 풀린 사람처럼 몇 번을 휘청댔다. 동생이 어머니를 집까지 모시고 온다고 했을 때 못이기는 척 받아들일 것을, 괜한 고집을 부려 어머니를 고생시키는 것 같아 마음이 편치 않았다.

"제절루 가는 계단도 있고, 세상 참 많이 좋아졌다."

"그러게 왜 사서 고생을 하세요. 에스컬레이터 타고 내려가면 다리도 안 아프고 편하게 내려갈 수 있는데."

나도 모르게 볼멘소리가 튀어 나왔다. 주소 하나만 가지고도 사

돈의 팔촌까지 찾아낼 정도로 서울지리에 밝으셨던 어머니, 하지만 이제 대중교통을 이용하는 것이 힘에 부칠 만큼 늙으셨다. 그럼에도 나는 눈앞에 보이는 어머니의 연약한 모습을, 늙음을 인정하기 싫었다. 자식이 부르면 언제든 달려와서 도와주시던 만능 해결사로, 건강하고 씩씩한 모습의 어머니로 기억하고 싶을 뿐이었다.

또 한 층의 계단이 놓여 있다. 일반 계단도 에스컬레이터도 어머니에겐 쉬운 상대가 아니다.

"다리 아픈데 우리 에스컬레이터 타고 내려가요."

"난 어지러워서 싫다. 다리 아프면 니나 타고 가려무나."

에스컬레이터 앞에서 모녀간에 작은 실랑이가 벌어졌다.

"한 번 타 봐요. 재밌어요. 오늘 아니면 기회가 없을 텐데. 내가 꼭 잡아드릴 테니 걱정 마시고."

"근데 이거 돈 내고 타는 거 아녀?"

나는 터져 나오는 웃음을 꾹 참고 어머니를 번쩍 안아 든 채로 에스컬레이터 계단 위에 섰다. 뒤에서 보면 영락없이 어머니 등에 업힌 꼴이었다. 미끄러져 내려가는 계단 위에 선 모녀! 나는 아주 가까이서 반백의 늙으신 어머니의 뒷모습을 바라볼 수 있었다. 어머니의 삶의 여정이 이런저런 모양으로 그려졌다. 고된 시집살이가, 딸 많이 낳은 설움이, 남편을 먼저 떠나보낸 쓸쓸함이 고비 고비 층층계단을 만들고 있었다.

　한 층 또 한 층 힘겹게 쌓아 만든 팔십여 개의 계단, 하지만 이제 더 이상 어머니가 오를 계단은 없는 것 같다. 어머니 말씀대로 저절로 내려가는 자동계단에 남은 날들을 맡기고 계신 것이다.

　놀란 가슴이 진정이 되지 않은 것일까. 어머니를 껴안은 손에 쿵쿵 심장 뛰는 소리가 잡혔다.

　"공짠데 한 번 더 타고 가실래요?"

　눈을 흘기는 어머니의 주름진 입가에 슬몃 웃음이 물린다. 여든세 살 어머니의 미소가 오십 넘은 딸에게 전이되었다.

　작전역으로 향하는 전동차의 출발 소리가 힘차다.

# 부칠 수 없는 편지

봄이라고는 하지만 아직은 옷깃을 여미게 하는 날씨입니다. 아버지! 아버지가 계신 그곳에도 철 따라 꽃도 피고, 낙엽이 지고, 눈이 내리기도 하는지요. 곱게 핀 진달래꽃을 보면서, 삐죽이 내미는 연초록 나뭇잎을 보면서 왜 자꾸만 아버지 생각이 나는지 모르겠습니다. 오늘처럼 아버지가 뵙고 싶은 날이면 나는 버릇처럼 하늘을 올려다봅니다.

벌써 십육 년이란 세월이 흘렀군요. 이제는 기억 속에서조차 희미해진 아버지의 얼굴, 문득문득 뵙고 싶을 때면 사진을 꺼내 보기도 합니다.

간절히 바라는 것은 제때 이루어지지 않는다고 했던가요. 너무 이르거나 너무 늦기 때문이라고. 이제는 효도라는 것을 할 수 있을 것 같은데, 해보고 싶은데 아버지는 너무도 먼 곳에 계십니다.

내리 딸 다섯을 낳으시고 막내로 아들을 낳자 그렇게 좋아하시더니 그 아들 장가드는 것도 못 보시고 무엇이 급해서 그렇게 서둘러 가셨는지요. 그렇게 애지중지 하던 막내아들, 지금은 결혼해서 잘살고 있습니다. 혼자 계신 어머님도 건강하시고, 다섯 딸들도 우애 있게 잘 지내고 있습니다.

아버지! 아버지께서는 자식들 중에서도 유난히 저를 귀여워 하셨지요. '셋째 딸은 선도 안 보고 데려 간단다. 어딜 가든 네 몫은 잘해 낼 거야 하시며 은근히 나에 대한 기대를 내비치시던 아버지, 지금도 생각이 납니다. 자전거를 처음 배우던 날 넘어지려는 자전거의 중심을 잡아 주며 뒤를 밀어 주시던 일, 그리고 고깃국이라도 끓이는 날이면 몸이 약한 딸이 안쓰러우셨는지 슬며시 고기 몇 점을 국그릇에 얹어 주시던 아버지의 그 깊은 사랑을……

아버지! 아름답고 즐거웠던 추억은 세월이 흐를수록 빛이 바래기보다는 더욱 선명해지는 것인가 봅니다. 아버지와 함께 했던 추억들이 마치 어제의 일처럼 생생하기만 합니다. 가끔은 좀 더 잘해 드리지 못한 후회로 가슴 치기도 하지요.

결혼 전, 직장에 다닐 때의 일인데 기억나세요? 아버지께 서울 구경을 시켜 드리고 싶은 마음에 거짓으로 전보를 쳤지요. 회사에서 부모님 모시고 회의를 한다고 하니 꼭 오셔야 한다고요. 철부지의 엉뚱했던 그 일은 두고두고 집안에 화제가 되기도 했지요. 그러나 서울 지리를 잘 모르는 제가 아버지를 모실 수 있는 곳은 그리

많지가 않았습니다. 창경원, 남산 식물원, 그리고 케이블카를 타는 것이 고작이었지요. 하지만 오랜만에 부녀간에 많은 이야기를 나눌 수 있었던 소중한 나들이였습니다.

이튿날, 기차표 예매 후 남은 시간을 보내기 위해 극장에 갔던 일 생각나세요? 남녀 주인공들의 키스하는 장면이 나오자 쑥스러우셨는지, 아버지께서는 두 눈을 꼭 감고 주무시는 척하셨지요. 사실은 저도 화면을 바로 볼 수가 없었답니다.

지금도 그때의 일을 생각하면 웃음이 절로 납니다. 제목이 '몸 전체로 사랑을'이었던 것으로 기억되는데, 기차 시간에 맞추다 보니 선택의 여지가 없었습니다. 그런데 그것이 아버지와 본 처음이자 마지막 영화가 될 줄 그때는 몰랐지요. 1박 2일의 짧은 나들이 중에도 바쁜 농사일 때문에 마음이 편치 않아 하시던 아버지는 회의는 언제 하냐며 시골집 걱정뿐이셨지요. 죄스러운 마음에 사실대로 말씀드리자 껄껄 웃으시던 그때의 그 모습을 저는 지금도 잊을 수가 없습니다. 철부지 딸의 거짓말이 그때만큼은 밉지 않으셨던 모양이지요.

그리고 첫아이 현우를 낳고 얼마 후의 일인데요. 울며 보채는 아이 때문에 쩔쩔매는 딸이 안쓰러우셨던지 '내 걱정은 하지 말고 애나 잘 보거라' 하시며 때늦은 점심으로 자장면 한 그릇을 말없이 비워 내시던 아버지! 철없던 그 딸이 이제 불혹의 나이를 넘어 자장면을 먹을 때면 가끔 목이 메는 까닭을 아시는지요. 따듯한 밥에 아버지께서 좋아하시는 반찬을 만들어 약주라도 한 잔 올리고 싶은데, 경치 좋은 곳을 찾아 함께 여행이라도 떠나고 싶은데, 어디에도 아버지는 안 계십니다. 아버지! 그때 저를 힘들게 하고 아버지의 마음을 아프게 했던 울보 외손녀는 예쁘게 커서 이제 엄마의 마음을 헤아릴 줄 아는 나이가 되었습니다. 자식을 낳아 보아야 부모의 마음을 안다고 했던가요?

살다 보면 때로 힘들고 지칠 때가 있어 가끔은 포기하고 싶은 생각이 들기도 하지요. 하지만 그럴 때마다 자전거 뒤를 밀어 주시며 중심을 잡아 주셨던 아버지의 사랑이 버팀목이 되어 지금도 그 희망의 끈을 단단히 쥐고 앞만 보고 달립니다. '니 몫은 잘해 낼 것이라'던 그 말씀은 보이지 않는 채찍이 되어 그 어떤 유혹으로부터 곁눈질도 한 번 할 수가 없었습니다.

아버지! 지켜봐 주세요. 먼 훗날 아버지를 뵙게 되면 잘했다 칭찬 받을 수 있는 그런 딸이 되도록 노력하겠습니다. 오늘처럼 아버지가 생각나는 날이면, 편지지 가득 그리운 마음을 담아 보기도 하면서요. 비록 부칠 수 없는 편지라 할지라도.

2000년 시월 셋째 딸 올림.

# 鄭가네 金 서방

헛탕골 딸부잣집 칠남매가 한자리에 모였다. 정씨 성을 가진 육남매와 육남매 이상으로 정가네 대소사를 꿰고 있는 막내 제부까지 함께한 자리, 웃음소리가 담장을 넘는다. 자타가 공인하는 번외 아들 막내 제부가 오늘도 처형들의 수다에 맞장구를 치며 분위기를 띄운다. 종갓집 장손인 남동생보다 더 정가네 냄새가 난다. 수석으로 입학한 학생이 반드시 수석 졸업생은 아닌 것처럼, 45점 예비 사윗감에서 100점짜리 사위가 되기까지 막내 제부의 변함없는 처가 사랑에 박수를 보낸다.

사윗감 후보에 올랐을 때 제부는 평균점수에도 못 미치는 45점의 낙제점을 받았다. 사윗감으로 나무랄 데 없는 조건을 두루 갖추었음에도 불구하고 낙제점을 받은 것은 서열을 무시하고 장인어른 앞에 머리부터 조아린 것이 실수라면 실수였다. 그 누구보다 가문,

가풍을 중시하는 아버지셨다. 역정을 내실 만도 했다. 셋째 딸인 나에 앞서 결혼승낙을 받으러 온 막내사위가 곱게 보였을 리 없다. 사랑의 농도가 아무리 짙고 뜨겁다 해도 아버지의 마음을 녹이기엔 역부족이었을 게다.

어렵사리 정가네 막내사위로 이름을 올리고 일가붙이가 된 지 이십여 년 이제는 사위 중의 사위, 그야말로 백점 만점에 백점짜리 부동의 일등사위가 됐다. 처갓집의 대소사를 두루 챙기며 사위 김 서방으로, 또 번외 아들로 확실하게 자리매김을 하고 있는 것이다.

제부의 처가사랑은 시공간을 초월해 미국에 계신 처삼촌에게까지 이어진다. 해마다 가을이면 멸치, 김, 땅콩, 참깨, 고춧가루, 보리쌀, 찹쌀, 콩 등 정성을 다해 여며진 보따리가 미국행 비행기에 오른다. 보따리가 부려지는 날, 시나브로 아물어 가던 작은아버지의 향수병은 번번이 재발할 수밖에. 고향 냄새가 밴 봉지들을 꺼내들 때면 어찌 멸치가 멸치로, 땅콩이 땅콩으로 보이겠는가. 향수병을 건드린 죄로 제부는 전화선을 타고 들려오는 작은아버지의 물기 어린 목소리를 귀가 젖도록 들었을 것이다. 어찌 귀만 젖었겠는가. 여동생으로부터 이야기를 전해들은 나도 덩달아 가슴이 먹먹했다.

그런데 허허실실 사람 좋은 제부가 가끔 서운한 감정을 드러낼 때가 있다. 처형들이 '45점짜리 사윗감' 운운하며 놀릴 때다.

"45점 받은 게 억울하지도 않아요. 그런데 뭐가 좋다고 처갓집 일이라면 그렇게 발 벗고 나선대요. 불가마라도 뛰어들게 생겼으니. 팔불출이 따로 없지."

처형들이 이십 년 넘게 우려먹는 우스갯말이다.

"그러게 말예요. 장인어른도 참! 그렇게 일찍 돌아가실 거면 점수라도 좀 후하게 주고 가시지. 45점이 뭐에요 45점이."

제부는 생각할수록 억울한 모양이다. 원망의 화살은 곧바로 나를 향해 놓여진다.

"셋째 처형만 아니었으면 낙제점은 면했을 거예요. 형님은 내 덕 톡톡히 봤구요."

45점 이야기가 화제에 오를 때마다 따라붙는 말이다. 그도 그럴 것이 막내사윗감에겐 눈도 맞추지 않던 아버지께서 셋째 사윗감인 남편이 인사드리러 갔을 때는 더 볼 것도 없다는 듯 95점이란 후한 점수를 주셨기 때문이다. 혼기를 놓친 딸을 데려가는 사위가 미쁘기도 했을 것이다. 더 볼 것도 없다는 듯이 95점을 주셨다. 아마도 보너스 점수까지 보태지 않으셨을까.

불공평한 점수에 제부가 서운할 만도 했다. 평균점수에도 못 미치는 45점을 받았으니 제부 입장에서 보면 억울할 수밖에. 때 늦은 막내제부의 이유 있는 항변에 동정이 아닌 인정의 한 표를 던진다.

형제들의 웃음소리가 요란하다. 술 치는 막내제부의 손길이 바쁘다. 95점짜리 셋째 사위의 인기는 어느 새 맥주잔의 거품처럼 잦아들고, 정가네 김 서방은 45점 낙제점을 받았을 때보다 더 붉은 얼굴로 오늘도 허허실실 처형들의 수다에 맞장구를 치고 있다.

# 대갈님

추억의 곳간으로 들어가 본다. 쟁여진 기억들을 들추다 보면 올올이 풀어져 나오는 이야기가 있다. 희미하게 또는 선명하게.

형제들이 모이는 자리에 단골로 등장하는 이야기들, 이제는 어디쯤에서 웃음이 터질지 원망의 소리가 들려올지 훤하다. 그동안 윗사람들의 입을 통해 수없이 들은 때문일까. 가물가물하던 이야기가 마치 어제의 일인 양 선명하게 그려지기도 한다.

딸 단속에 유별났던 아버지 이야기, 서리한 옥수수의 뒤처리를 고민하다가 잠자는 소를 깨워 밤새도록 옥수수 껍질을 먹이던 일, 아버지를 떠나보내는 장례식장이 상주의 곡소리 시비로 웃음바다가 되었던 일 등. 그중에서도 그림자 때문에 생긴 에피소드는 들을 때마다 배꼽이 빠질 만큼 큰 웃음을 선사한다.

변변한 장난감 하나 없던 어린 시절, 간단한 손동작만으로 즐길

수 있는 놀이가 있었다. 두 손으로 모양을 만들고, 등잔불을 이용
해 각도와 거리를 조절하여 변하는 그림자의 모습을 보며 즐기는
놀이다. 기나긴 겨울밤 화롯불에 고구마 몇 개 묻어두고 익어가는
동안에 즐길 수 있는 놀이로 그만한 게 또 있을까. 초등학교에 입
학하기 전이니 예닐곱 살 때로 기억된다, 벽면에 생긴 커다란 아버
지의 그림자를 보며 세 살 터울인 바로 밑의 동생이 신기한 듯 큰
소리로 말했다.

"와! 저기 아부지 대가리 좀 봐."

비록 어린 나이였지만 나는 식구들의 표정을 읽으며 동생의 말
이 잘못되었다는 것을 금세 눈치 챌 수 있었다.

"야! 너 아부지 보구 대가리가 뭐냐 대가리가! 대갈님이지."

동생을 타이른다고 한 나의 말에 식구들은 배꼽을 잡고 웃었다.
무안해진 나는 쥐구멍이라도 찾고 싶었다. 집안이 떠나갈 듯 요란
한 웃음소리는 산골마을의 정적을 가르고 겨울밤은 또 그렇게 깊
어만 갔다.

요새도 형제들이 모이는 날이면 그날의 이야기가 감초처럼 등
장해 웃음보따리를 풀어놓는다. 세월이 지나다 보면 군데군데 끊
어지거나 늘어질 법도 한데, 되돌기를 거듭할수록 더해지는 것은
육남매의 웃음소리다. 하지만 그림자의 주인공이셨던 아버지는 지
금 안 계신다.

지금 아버지가 살아계신다면 아니! 그 시절로 되돌아갈 수만 있

다면 철없는 딸이 되어 호랑이 같기만 하던 아버지 앞에서 '아부지 대갈님은 크기도 하다'며 응석이라도 한 번 부려볼 텐데.

# 머나먼 영암

"새끼 두 뭉치하구, 섹유 한 말 사 가지고 가서 어무니 화장을
해드려야 할 텐데."

화장의 절차가 어머니 말씀대로 새끼 한두 뭉치와 석유 한 말로
간단히 해결할 수 있는 것인지 모르겠지만, 지난해 여름 외할머니
의 산소를 다녀오신 후로 어머니는 부쩍 성화시다. 팔순의 나이가
그처럼 어머니의 마음을 조급하게 만드는 것일까?

몇 년 전, 북의 이산가족 방문단이 서울에 왔을 때다. 그리던 혈
육들의 재회 장면을 TV화면을 통해서 보았다. 오십여 년의 한을
뒤로한 채 서로 얼싸안고 기쁨과 회한의 눈물을 쏟아내는 이산가
족들의 상봉 장면은 그야말로 한 편의 드라마를 보는 것 같았다.

아직도 많은 사람들이 전쟁이 남긴 치유되지 않은 상처를 안고
살아가고 있었다. 그들의 절절한 사연을 전해 들으며 누구보다도

전쟁으로 인해 상처가 깊으신 어머님 생각이 났다. 전쟁 통에 행방 불명되었다는 둘째 외삼촌 이야기를 꺼내 보았다. 하지만 송수화기를 통해 들려오는 어머니의 목소리는 의외로 담담했다. 한 번쯤 생사를 확인할 만도 한데 무슨 이유에서인지 내색을 않으셨다. 오십여 년의 세월이 흐르는 동안 어머니는 감정마저 무디어진 것일까.

하지만 눈에 띄는 외상보다 가슴속의 숨겨 놓은 상처가 더 치유하기 어려운 법이다. 어머니의 무관심한 태도에 오히려 딸들이 긴장을 했다. 다섯 딸들은 서둘러 어머니를 모시고 외할머니의 산소에 다녀오기로 의견을 모았다. 오십여 년 만에 귀향길에 오른 어머니.

더위가 한풀 꺾인 늦여름, 딸 다섯은 어머니를 모시고 전라남도 영암으로 향했다. 몇 시간을 달려 도착한 외가 동네의 모습은 전형적인 농촌마을이었다. 아늑하고 평화로워 보이는 마을을 둘러보며 오십여 년 전, 그런 끔찍한 일이 있었다고는 상상조차 할 수가 없었다. 지금은 흔적조차 찾아 볼 수 없는 외갓집 터를 가리키며 '예전에는 집 앞에 큰 느티나무가 있었는데' 하시며 어머니는 동네가 몰라보게 달라졌다고 하셨다. 안타깝게도 오십여 년 만에 찾은 고향은 어머니를 반기는 사람은커녕 알아보는 이조차 없었다.

수소문 끝에 찾은 외삼촌 친구가 기억을 더듬어 외할머니의 묘소를 안내해 주었다. 묘소는 동네에서 가까운 야트막한 산등성이에 자리하고 있었다. 지난한 세월 속에 어머니는 감정마저 무디어진 것일까. 돌보는 이 없어 봉분이 내려앉고 잡풀로 뒤덮인 외할머니의 묘소를 돌아보면서 어머니는 눈물조차 보이지 않으셨다. 내리는 비를 피할 생각도 않은 채 준비해 간 제수를 차려놓고 허리 굽혀 절을 하는 팔순 노모의 얼굴에선 어떤 감정의 변화도 보이지 않았다. 미리 준비한 두 알의 청심환을 비웃기라도 하듯 끝내 아픈 속내를 보이지 않으셨다.

어머니께서 둘째 언니를 데리고 친정나들이를 한 것은 육이오 전쟁이 나기 삼 일 전이었다고 한다. 결혼 후, 육 년 만에 찾은 친정에서 그리던 가족들과 회포도 풀기 전 맞이했던 전쟁은 어머니에게 평생 지울 수 없는 아픔을 남기고 말았다. 단지 경찰이라는 직업 때문에 죽임을 당해야 했던 셋째 외삼촌. 외할머니마저 그 가족이라는 이유로 빨갱이들이 휘두르는 몽둥이에 맞아 돌아가셨다. 외할머니가 돌아가시던 날, 동네유지들과 면서기 등 다섯 명의 사람들이 함께 목숨을 잃었는데 어머니는 출가외인이라고 해서 죽음 직전에 겨우 살아남을 수 있었다고 한다.

연이어 둘째 외삼촌의 행방불명. 가난했지만 단란했던 한 집안은 그렇게 몰락해 갔다. 사상(思想)이 무엇인지도 모르는 채 고스란히 당해야만 했던 전쟁의 상처가 얼마나 깊었으면, 오십여 년 동안 어머니는 고향을 등지셨을까.

전쟁의 후유증은 생각보다 컸다. 어머니는 반생을 조그만 일에

도 깜짝깜짝 놀라고 가슴이 뛰는 불치병 환자로 사셨다. 그래서인
지 어머니는 고향이야기조차 입 밖에 내기를 꺼려하셨다. 하지만
세월 앞에 장사 없다는 말이 있듯이 요즘 들어 어머니는 몸도 마음
도 많이 약해지셨는지 걸핏하면 눈물을 보이신다. 기억력도 많이
떨어지셨다. 토막 난 기억들을 붙잡고 애쓰실 때면 애처롭기까지
하다.

오십여 년 만에 다시 찾은 고향!
어머니는 이제 미련도, 회한도 남지 않은 것일까. 생살을 헤집는
아픈 기억들을 밀어내고 이승에서의 할 일을 마무리라도 하려는
듯 외할머니의 화장 문제를 놓고 조급해 하신다. 마지막이 될지도
모를 어머니의 친정 나들이는 섹유(석유)가 뿌려진 두 뭉치의 새끼
줄 위에서 외할머니가 영원히 안식에 드는 그날이 아닐까 싶다.

# 카페, 허탕골 딸부잣집

생쥐 풀방구리 드나들 듯 틈 날 때마다 카페 '허탕골 딸부잣집'을 들락거린다. 여름 바캉스란 제목의 새 글이 올라와 있다. 오공주들의 여름나들이 일정을 알리는 내용이다. 찬조금도 사양 않겠다는 막내 여동생의 댓글이 달렸다. 조카들의 주머니를 털겠다는 무언의 압력이다. 조카들로부터 백사십만 원의 찬조금을 거둬들였던 지난해의 일을 떠올리자 나도 모르게 웃음이 비어져 나온다. 그 방법이 이번에도 통할까.

다섯 자매들의 인터넷 카페 '허탕골 딸부잣집' 오늘도 이곳에선 각양각색의 이야기들이 펼쳐진다. 직접 만나거나 전화로 안부를 주고받을 때와는 또 다른 느낌이다. 4代를 위한 공간이지만 컴맹인 두 언니와 군대를 갔거나 해외유학 중인 조카들을 빼면 실제로 카페를 이용하는 회원은 많지 않다. 하지만 이곳을 통해 실시간으로 전해지는 형제들의 소식은 그야말로 신속, 명쾌하다.

집안의 경조사나 여행후기가 올라오기도 하고, 가끔은 혼자 보기 아까운 재미있는 유머 한 토막이 자리를 차지하기도 한다. 아들을 군대에 보내놓고 며칠째 가슴앓이를 하며 눈물바람인 동생, 치매로 고생하시는 친정어머니의 근황부터 하늘에 계신 아버지의 추억담까지 내용도 다양하다. 제일 인기 있는 방은 앨범란이다. 아기의 성장 과정을 담은 사진이나 형제들이 여행 가서 찍은 사진이 올라오면 줄줄이 댓글이 달리면서 카페는 그 어느 때보다 활기를 띤다. 이렇듯 카페 허탕골 딸부잣집에서는 오공주와 그 일가붙이들의 다양한 이야기가 끝없이 펼쳐지고 있다.

어제는 이 년 전, 거제도 여행길에 찍은 형제들의 사진을 되돌려보며 한참을 웃었다. 떨어진 동백꽃 송이를 주워 제기 차는 모습에서는 어릴 적 동심이 그려지기도 하고, 한 상 그득 차려진 거제 바다횟집의 먹거리 풍경 앞에서는 입 안 가득 군침이 돌기도 했다. 달리는 노래방이라 하여 봉고차 안에서 흘러간 유행가를 멋들어지게 뽑아 올리던 둘째 형부의 모습은 언제 보아도 포토제닉상 감이다.

허탕골 딸부잣집은 카페를 개설할 때 등록한 이름이다. 이름 그대로 허탕골 딸부잣집 딸들이 이런저런 이야기들을 풀어 놓는 곳이다. 특별히 내세울 것은 없지만 우애만큼은 어디 내놔도 부끄럽지가 않다. '외갓집의 엄마 형제들처럼 우애가 좋은 집도 드물 거

라’는 조카의 말에 나도 한 표를 던진다. 언제 들어도 기분 좋은
말이다. 이모들을 닮고 싶다는 조카에게 실망을 주지 않기 위해서
라도 더 큰 사랑으로 형제애를 다져 나아가야겠다.

명절 때면 본가에서 차례를 지내자마자 처갓집행을 서두르는
제부, 시누이들과 함께 있으면 시간 가는 줄 모르겠다며 한 자리
차지하고 앉아 맞장구를 치는 올케와 조카사위들도 모두 사랑스런
허탕골 딸부잣집의 구성원들이다. 그리고 그 중심에는 늘 어머니
가 계신다.

열 아들 부럽지 않은 딸로 키우겠다던 자식사랑의 결실이다. 어
머니는 자식들에게 물질로나 정신적으로 많은 것을 채워주었다.
어릴 적 육남매가 남부럽지 않은 생활을 할 수 있었던 것은 어머니
의 그런 헌신적인 자식사랑이 있었기 때문인지도 모르겠다.

살아가면서 긍정적인 사고로 세상을 바라볼 수 있다는 것은 행
복한 일이다. 부모님께서 자식들에게 물려주신 재산이 있다면 남
들이 탐낼 만한 미모나 부가 아닌, 형제간에 아끼고 나눌 줄 아는
마음 씀씀이다. 조카가 그토록 닮고 싶어 하는 형제간의 우애인 것
이다.

“딸 많이 낳게 해줘서 고마워요.”

아버지 묘소에 갔을 때 어머니가 술잔을 올리며 하신 말씀이다.
아들을 낳고서야 곳간 열쇠를 넘겨받았다는 어머니. 딸 많이 낳은
설움이 어떠했는지 빤히 들어 알고 있는데 그새 잊으셨나 보다. 세

월이 지나고 나면 고된 시집살이마저도 아름다운 추억으로 희석이
되는 것일까? 가을 들녘을 배경으로 아들, 딸, 며느리, 사위 둘러
앉은 가운데 유독 어머니의 웃음소리가 크게 들린다. 가고 없는 남
편을 그릴 때면 어머니는 얼굴에 더 큰 주름을 접으신다.
  "나 혼자만 이렇게 좋은 꼴을 보니 아부지한테 미안해서."
  그러고 보니 이 작은 호사마저도 아버지는 함께 할 수가 없다.

  '카페, 허탕골 딸부잣집'
  이곳에서 나누는 형제들의 세상 사는 이야기가 대를 이어 한 가
문의 가족사로 아름답게 채워졌으면 하는 바람이다.
  일요일, 큰언니의 생일파티 소식에 벌써부터 가슴이 설렌다.

# 이쁜이

　이쁜이는 내 동생 금옥이의 아명이다. 초등학교 들어가기 전까지 이쁜이로 불렸는데 어른이 된 지금도 형제들 사이에선 이쁜이로 통한다. 이쁜이란 이름 때문인지 몰라도 동생을 만나 본 적이 없는 사람들은 한마디씩 한다.

　"동생이 무척 예쁜가 봐요."

　그때마다 나는 선뜻 대답을 못하고 그냥 웃고 만다. 그렇다고 밉상은 아니다. 입매가 곱고 눈웃음이 매력적인 아이다. 하는 짓이 예쁘기도 하다. 하지만 아무리 점수를 후하게 준다고 해도 이쁜이로 불릴 만큼 뛰어난 미모는 아니다. 다만 내놓고 자랑하고 싶은 것이 있다면 외모가 아닌 동생의 기억력이다.

　동생을 만나 본 사람들은 금세 그 아이의 평범치 않은 기억력에 혀를 내두르곤 한다. 생각이 날 듯 말 듯해 상대방이 뜸을 들이거나 말을 더듬을 때면 용케도 그 말의 핵심을 짚어내 대화를 이끌어 나간다. 어느 자리에서든 동생이 중심에 서는 것은 저급하거나 수 다스럽지 않으면서 끊이지 않고 대화를 이끌어가는 재치와 순발력 을 겸한 화술 때문이다. 그만큼 앎이, 저장해 둔 이야기가 많다는 것일 게다. 몇 십 년 전의 일에서 가깝게는 며칠 전의 일까지 필요 할 때마다 참 많이도 끄집어낸다. 25년 전, 아버지의 마지막 날을 화제에 올리자 곧바로 '그해는 9월 10일이 추석이었는데' 라고 말 한다. 일상에서 보고 느끼는 대부분의 것들이 자동으로 저장이 되 는 모양이다.

동생에 대한 일화는 많다. 초등학교 일학년 때 국어책 한 권을 토씨 하나 안 틀리고 줄줄 외워서 주위 사람들을 놀라게 했던 일. 또 몸치인 동생이 중학교 때는 무용반 맨 앞자리에 서기도 했는데, 이유는 춤사위가 예뻐서가 아니라 누구보다 빨리 순서를 외웠기 때문이었다. 한 번 가르쳐 주면 순서만큼은 틀리지 않고 따라 했으 니 선생님을 대신해 친구들을 가르치는 보조 역할을 톡톡히 해냈 던 것이다. 오래된 상품 이름이나 가격을 일일이 기억하는 것도 그 렇고, 계산기보다 빠른 암산 실력을 보이는 것도 특별하다면 특별 했다. 동생의 덕을 가장 많이 보는 것은 여행을 할 때다. 도로의 연결망을 손바닥 들여다보듯 하고 있으니 시간을 절약하는 것은 물론이고, 현지의 맛집을 용케도 기억해 내 형제들의 입을 매번 즐겁게 해준다.

그런데 세상 이치가 모두 그러하듯 득이 있으면 반드시 실이 있게 마련이다. 좋은 일이라면 몰라도, 굳이 기억하고 싶지 않은 것까지 필요 이상으로 저장된다면 그것도 견디기 어려운 일일 것이다. 동생이라고 해서 기억에서 지우고 싶은 것들이 왜 없겠는가. 과유불급(過猶不及)이란 바로 동생을 두고 하는 말인 것 같다. 동생을 자랑스레 여기면서도 한편 걱정이 되는 것은 그런 이유 때문이다. 천성이 낙천적인 아이지만 언니라고 해서 속으로 곪는 상처까지 짚어낼 수는 없으니 말이다.

육신의 비만만 문제가 아니라 영양과잉만큼 생각과잉도 문제가 된다던 어느 광고대행사의 말이 가슴에 와 닿는다. '대부분의 사람들이 잊어 버려도 좋은 것, 포기해도 괜찮은 것, 몰라도 상관없는 없는 것, 지키지 않아도 무방한 것들까지 모두 머리 속에 채워 넣고 버릴 줄을 모른다'고…… 건망증이 심하거나 친정어머니처럼 치매로 기억을 못하는 것도 문제지만 기억력이 너무 좋은 것도 살아가는데 불편하기는 마찬가지 아닐까? 아이러니컬하게도 어머니는 기억을 너무 지워서 탈이고, 동생은 너무 많은 것들을 저장을 해서 걱정이다.

동생이면서 언니 같고 때로는 친구 같은 내 동생 이쁜이! 험한 세상에 더러는 잊고 지우면서 앞으로는 좋은 일만 기억하고 살았으면 좋겠다.

# 작은아씨

기억에서 무엇을 덜어낸다는 것은 슬픈 일이다. 사랑하는 딸을 작은아씨라고 부르는 어머니를 뵙고 돌아오는 날이면 나는 새삼 어머니의 그 세계가 궁금하다.

"네가 얼마나 보고 싶었는지 알어?"

그러나 그것도 잠시, 오랜만에 만난 딸과 주고받은 인사가 형식적으로 느껴질 만큼 어머니는 그새 티브이 화면에 눈을 맞추고 계신다. 무엇이 그리도 재미있는지 연신 소리 내어 웃으신다. 내 손을 잡고 눈물을 글썽이던 조금 전의 모습은 어디에도 없다. 어머니의 관심에서 밀려난 나도 하릴없이 티브이 화면에 눈을 두고 있다. 같은 화면을 바라보고 있는데 어머니는 웃고 나는 속울음을 운다. 현실을 망각한 채 하루 종일 티브이 화면에 마음을 빼앗기고 있는 어머니. 어머니의 그런 모습이 낯설기만 하다.

여든일곱의 풍상을 담은 기억창고에 과부하가 걸린 것일까. 그도 아니면 홀가분하게 떠나고 싶어 어머니 나름대로 지우고, 덜어내는 연습을 하고 계신 것일까? 무엇이 그토록 어머니의 소중한 기억들을 하나 둘 밀어내고 있는지.

어머니가 나고 자란 시대적 배경은 가난과 맞물려 있다.
보릿고개에도 쌀가마니를 천장까지 쌓아 놓고 사는 부잣집이라는 말에 어머니는 선도 안 보고 결혼을 결심했다고 한다. 아버지와의 만남은 어찌 보면 가난이 맺어준 인연인지도 모르겠다. 그때 어머니는 스무 살 솜털 보송한 처녀였다. 가난한 집안의 장녀로 입 하나 덜자고 부모형제를 떠나 중매쟁이를 따라 나섰다니 그 마음이 오죽했을까. 어린 나이에 서럽기도 하고 두렵기도 했을 것이다. 그 시절, 영암에서 여주까지는 하루에 오갈 수 있는 거리가 아니었다. 층층시하에 요즘처럼 마음먹는다고 선뜻 다녀 올 수 있는 곳도 아니었다.
시골부자 읍 부자라고 했다. 어머니께서 그 말을 실감하기까지는 그리 많은 시간이 필요치 않았을 것이다. 머슴을 포함해 열넷이나 되는 대식구를 건사하자면 종갓집 맏며느리로서 눈물바람깨나 했을 테니까. 어쩌면 배곯는 서러움보다 고추보다 맵다는 시집살이가 더 견디기 힘들었을지도 모른다.
단아하고 깔끔한 입성으로 젊었을 때는 드물게 멋쟁이 소리를 들었던 어머니시다. 서당 훈장이신 외할아버지 덕분에 일찌감치

한문과 한글을 깨우치셨다는 어머니는 일본어(여덟 살까지 일본에서 자람)에도 능통하셨다. 그야말로 근동에서 몇 안 되는 먹물이 든 시골 아낙이었던 것이다. 그럼에도 불구하고 어머니는 집안어른들에게 인정을 받지 못하고 눈 밖에 났다. 대를 이을 아들을 못 낳은 것이 가장 큰 이유였다. 종갓집 맏며느리로 내리 딸 다섯을 낳았으니, 막내로 아들을 낳기까지 시어른들의 눈총을 살 만도 했다. 며느리가 미우면 발뒤꿈치까지 밉다고 했던가. 입성이 까다로운 것도, 바닷가에서 나고 자라 농사일이 서툰 것도 늘 트집거리가 되었다.

제청이 모셔진 건넌방은 어머니가 마음 놓고 울 수 있는 유일한 공간이었다. 초하루 보름날이면 곡 상식을 핑계 삼아 실컷 울 수 있었다고……. 그렇게 눈물을 쏟아내다 보면 친정어머니를 향한 그리움도, 층층시하의 고된 시집살이도 조금은 견딜 만했다고 그때의 일을 떠올리곤 하셨다. 증조할아버지의 탈상 이후로도 할아버지 할머니 두 분 모두 삼년상으로 내 모셨으니 어머니께서 흘리신 눈물의 양을 어찌 가늠이나 할 수 있을까.

"내가 살아온 세월을 얘기하자면 책 열 권을 묶어도 모자를 게다."

어머니는 지난 일들을 떠올리실 때마다 그렇게 말씀하시곤 했다. 그런데 그 많은 것들을 풀어 엮기도 전에 어머니는 그새 지우기부터 하고 계시는 것이다. 자식들의 이름도, 생일도, 가족여행을 떠났을 때의 즐거웠던 추억도 하나 둘 지우고 계신다. 지우지 말아야 할 소중한 것까지도.

TV에 눈을 두고 계시던 어머니가 내게 바짝 다가와 귓속말을 하신다. 두 채 있는 집을 팔아 작은아씨인 내게 줄 테니 다른 사람에겐 절대 비밀로 하라고……. 나는 웃지도, 울지도, 고맙다는 말은 더 더욱 입 밖에 내지 못한 채 그저 어머니를 바라볼 수밖에. 왜 하필이면 치매일까. 골절상을 당했거나 암이라면 수술이라도 한 번 받아볼 텐데.

나는 알고 있다. 어머니가 그토록 애면글면 하는 작은아씨가 누구인지. 사랑하는 딸을 밀어내고 그 빈자리에 들인 사람이 막내고모란 것을……. 결혼할 당시 다섯 살배기 코흘리개로 만났다고 하니 어머니에게 있어 고모의 존재는 시누이가 아닌 딸자식이나 마찬가지였으니 애틋할 수밖에. 고모를 닮아 자그마한 체형의 나를 막내 시누이로 착각하는 것도 무리는 아니지 싶다.

어머니를 뵙고 돌아오는 날이면 내 가슴엔 노란불이 들어와 있다. 우선멈춤, 이쯤에서 난 어머니의 사랑을 한 번 점검해 보아야겠다. 할 수만 있다면 어머니의 기억창고를 헤집고 들어가 작동 불능인 회로를 점검해 보고 싶다. 단 한 번만이라도 좋으니, 지워버린 딸에 대한 기억을 되살려 작은아씨가 아닌 어머니의 셋째 딸이름으로 불려지기 바라는 마음으로.

# 아이스케키

　향수를 자극하는 먹을거리로 여름날 즐겨먹던 아이스케키만 한 것이 또 있을까. 시골에서 나고 자라 냉장고는 그림에서나 볼 수 있었던 어린 시절, 어쩌다 먹어 보는 아이스케키의 맛은 그야말로 환상적이었다. 흔히 먹을 수 있는 옥수수나 고구마와는 비교할 수 없을 정도로 어린 나의 입맛을 달구었다.

　"아이~스케키 얼음과자!"

　2~3일에 한 번, 자전거 뒤에 파란 아이스케키 통을 실은 아저씨가 나타나는 날이면 동생과 나는 신이 났다. 뒤꼍 폐품 모아둔 곳에서 빈 병 몇 개를 골라 가지고 가면 아저씨는 어린 내 손에 팥물이 든 아이스케키를 건네주었다. 용돈이 없는 대부분의 아이들은 모두 나와 같은 방법으로 아이스케키를 사 먹곤 했다. 사실 빈 병은 새 양은냄비나 비누 같은 생필품과 바꾸려고 모아둔 폐품이었

다. 어머니가 아시면 야단치실 게 뻔했다. 하지만 달콤한 아이스케키의 유혹은 번번이 나를 마루 밑으로, 뒷껼으로 빈 병을 찾아 헤매게 했다. 종아리 몇 대 맞는 아픔과 얼마든지 맞바꿀 수 있는 달콤한 유혹이었다.

그러나 무더위에 갈증을 풀어주던 아이스케키도 한두 개 먹고 나면 입 안이 얼얼해서 더 이상 먹을 수가 없었다. 냉장고가 없던 그 시절, 남은 아이스케키를 처리하는 일은 큰 고민거리였다. 감추어 둘 곳이 마땅치 않았다. 결국 사기대접에 담아 소쿠리를 씌워 뒷껼에 있는 소금가마니 위에 올려 놓았다. 공범인 동생과는 비밀을 지킬 것을 약속하며 새끼손가락까지 걸었다.

까맣게 잊고 있던 아이스케키가 생각난 것은 저녁 무렵, 동생의 런닝셔츠에 묻은 얼룩을 보고 나서였다. 눈짓으로 동생을 불러낸 나는 재빨리 뒷껼으로 달려갔다. 그런데 아이스케키는 온데간데없고 대접에는 달랑 나무젓가락 하나만 꽂혀 있는 것이 아닌가. 순간 곁에 있는 동생이 의심스러웠다. 동생과 나무젓가락을 번갈아 쳐다보며 한참을 그렇게 서 있다가 대접을 들어보니 거기엔 아주 적은 양의 불그스레한 물이 남아 있었다. 아까운 생각에 눈물이 핑 돌았다.

한 모금이 될까 말까 한 아이스케키 녹은 물을 동생과 나눠 마시며 나는 또 한 번 실망을 할 수밖에. 시원하고 달콤했던 얼음과자의 맛은 어디에도 없었다. 미지근하고 밍밍한 그 맛이란……

어른이 된 지금도 난 고급 아이스크림 대신 그 시절 아이스케키의 모양과 맛이 비슷한 '비비박'을 즐겨 먹는다. 입맛에 따라 원하는 종류의 아이스크림을 얼마든지 골라 먹을 수 있는 요즈음, 아이스케키 하나를 먹기 위해 며칠씩 대문 밖을 서성였던 어릴 적 얘기는 이제 추억의 한 장으로 남아 있다.

며칠 전, 아들에게 그날의 웃지 못 할 에피소드를 들려주었더니 냉장고에 넣어두지 그랬냐며 이해할 수 없다는 표정으로 바라보았다. 그 시절 무더위에 갈증을 풀어주었던 아이스케키처럼 시원한 대답을 못하고 나는 아들아이 앞에서 그만 웃고 말았다.

# 몽돌의 노래

# 몽돌의 노래

　차르륵 차르르륵……. 파도가 바닷물을 끌고 오갈 때마다 들려
오는 돌 구르는 소리는 그야말로 환상적이었다. 파도와 몽돌이 만
들어 내는 최고의 합주곡이었다. 내 귀는 고성능 안테나를 달기라
도 한 듯 물밑에서 전해 오는 음률을 빠짐없이 짚어냈다. 눈도 덩
달아 즐거웠다. 나의 시선을 잡아둔 그곳에는, 동글 길쭉하게 생긴
작고 예쁜 돌멩이들이 멍석 위에 널린 작두콩처럼 끝없이 펼쳐져
있었다. 그중 예쁘게 생긴 몽돌 몇 개를 주워 주머니 속에 넣었다.
　그렇게 만난 작은 돌멩이 몇 개. 그러나 바다를 떠난 돌멩이는
금세 윤기를 잃고 시들어 갔다. 물기를 머금고 반들거리던 거제 바
닷가의 몽돌이 아니었다. 그저 작고 볼품없는 돌멩이에 불과했다.
기이한 모습으로 거드름을 피우는 수석에 밀려 이리저리 자리를
옮기다가 결국 화장대 서랍에 들어가 숨소리마저 죽여야 하는 천

덕꾸러기 신세가 되고 말았다. 제자리에 있을 때 빛이 난다는 평범한 진리를 왜 몰랐을까. 몽돌은 바닷가에 있을 때 가장 아름다웠다.

문득 아들 집에 기거하시는 친정어머니가 떠올랐다. 육십여 년을 함께 했던 둥지를 떠나, 콘크리트로 둘러진 아파트 숲에 갇힌 어머니의 모습이야말로 또 하나의 몽돌이 아닐는지. 종갓집 맏며느리의 위엄은 찾아볼 수가 없고, 꼿꼿하던 자존심도 무디어졌는지 어지간한 일에는 반응조차 없으시다. 팔십여 년을 뒤채며 궁글린 삶이니 영육인들 온전할까. 가끔 정신을 놓을 때마다 어머니는 아들을 붙잡고 통사정을 하신다.

"나 좀 제발 담모랭이로 보내 줘."

그러나 여든둘의 연세가 어머니의 발목을 잡는다. 결혼 후, 육십여 년을 함께 한 어머니의 삶의 터전 담모랭이! 하지만 어머니의 자리는 벌써 2년째 빈 둥지로 남아 있다. 당신의 자리를 찾아 어머니가 다시 그곳으로 돌아갈 수 있을까. 그런 날이 오기는 할까.

지난 유월, 거제도에 사는 친구의 초대를 받자 화장대 서랍 속의 몽돌이 생각났다. 하여 가장 먼저 배낭 속에 챙겨 넣은 것도 물론 몽돌이었다. 다시 학동 몽돌해수욕장을 찾았을 때, 바다는 일 년 전 그날처럼 고스란히 비를 맞고 누워 있었다. 몽돌 구르는 소리도 여전했다. 나는 의식을 치르듯 조심스럽게 가방에서 몽돌을 꺼내 들었다. 그리고 하나하나 눈맞춤을 하며 마지막 인사를 나누었다. 내 손을 떠난 몽돌은 이내 물기를 머금고 반들거렸다. 바닷물이 마치 생명수라도 되는 양 본래의 제 모습을 드러냈다.

차르륵 차르르륵……. 몽돌 구르는 소리에 어머니의 애원이 겹친다.

# 가을앓이

가을이 한층 내려와 있다.

계절병이 도진 것일까. 나는 연례행사처럼 해마다 이맘때가 되면 한바탕 가슴앓이를 한다.

이우는 햇살을 등지고 가을 들판을 걸어본 사람들은 안다. 발등을 스치는 들풀의 작은 터치에도 쓸쓸함이 묻어난다는 것을……. 들녘 끝 겹겹으로 누운 산자락을 가슴에 장착된 투명 렌즈 앞으로 끌어들인다. 가을 색을 입고 바스락대는 낙엽소리가 들리는 것만 같다. 겨울 양식을 장만하느라 분주한 다람쥐의 모습도 잡힌다. 어느새 줌으로 확대된 내 가슴에도 가을 한 자락이 들어와 앉는다. 청자빛 가을하늘이 빛바랜 색으로 누워 있는 가을 들녘과 맞물려 시린 가슴에 구멍을 만든다. 나는 무담시 마음 둘 곳 몰라 허둥댄다.

　외로이 서 있는 늦가을 허수아비의 모습이 무척이나 쓸쓸해 보인다. 마치 내 모습을 보고 있는 것 같다. 논두렁 어디쯤에 엉덩이를 내려놓는다. 논바닥에서 먹이를 찾아 잰걸음을 놓던 참새가 기척에 놀라 달아난다. 어디선가 낮게 웅얼대는 시냇물 소리가 들린다. 바람이 제법 차다.

　작정을 하고 나선 길은 아니었다. 누구를 불러낼 만큼 여유롭지도 않았다. 마음 자락에 갈물을 들이고 싶어 무작정 집을 나서고 보니 딱히 갈 만한 곳이 없었다. 횡단보도를 건너다 신호대기로 정차해 있는 시외버스 운전기사와 눈이 마주쳤다. 나의 간절한 눈빛을 읽은 것일까. 운전기사의 아량으로 도심을 벗어난 어디쯤에 몸을 부릴 수가 있었다. 교통법규 운운하며 선심을 쓰는 운전기사에게 몇 번이고 고맙다는 인사를 했다.

　나의 마음을 내려놓을 수 있는 곳이면 어디라도 좋았다. 그곳이 논두렁이든 산자락이든……, 그냥 그렇게 시린 가슴에 가을 물을 들이고 싶었다. 단풍처럼.

　서녘 하늘이 붉다. 어젯밤, 별 것 아닌 일로 낯빛을 바꾸던 남편의 얼굴빛이다. 아침에 출근하는 남편의 등 뒤로 서늘한 바람이 이는 것을 보았다. 미풍에 익숙해진 나는 작은 건들바람에도 잔기침이 난다. 이십 년지기의 변화가 나를 당황케 한다.

　매사에 관대하던 사람, 아내가 하는 일에 딴지를 걸 줄 모르던 사람이었다. 그랬던 남편이 요즘 들어 괜한 일에 얼굴을 붉히고 이유 없이 토라진다. 철부지 아이처럼 고집을 부리는가 하면 별 것 아닌 일에 서 푼어치의 자존심을 내세우기도 한다. 나이 듦의 현상인가. 아니면 아내에게조차 내 보일 수 없는 감정의 그루터기가 있는 것일까. 집안 대소사에 시큰둥한 반응을 보이는 것도, 전에 없이 반찬투정을 하는 것도 이상하기만 하다.

인생의 반을 훨씬 지나 있다. 마음먹은 대로 한 길을 걷는 것도 패기 충천하던 젊어서의 일인가 보다. 내리막길에 굴러가는 돌멩이처럼 탄력 받은 나이가, 세상을 향한 자신 없음이 자꾸만 갈랫길을 만든다.

철저히 혼자이고 싶은 날, 꺾인 무릎에 고개를 묻는다. 괜스레 목이 멘다. 스스로 만든 감정에 휘둘려 가을 들녘을 배경 삼아 앉아 있는 중년의 여자! 나도 이제 작은 일에 눈물이 나고 슬픔이 배는 설운 나이가 되었나 보다.

설핏 한 뼘 넘게 남아 있던 햇덩이가 산등성이 뒤로 숨을 채비를 한다. 주머니에 든 휴대폰에 몇 번이고 손이 간다. 어젯밤, 아니 오늘 아침에 미처 말이 되어 나오지 못한 언어들이 너른 들판에 이삭처럼 널린다.

가을앓이를 하느라 바장이던 가슴에 한 숨 꺾인 바람이 든다. 걸어온 만큼 논둑길을 되짚어 나가며 생각을 고른다. 풀 죽은 남편의 모습이 겹친다. 가만 생각해 보니 오늘 아침 화해의 몸짓을 보여야 할 사람은 남편이 아닌 나였다.

갈물을 들이고 돌아오는 길에 만난 바람은 떠날 때의 그것보다
조금 더 순했다.
슬며시 마음의 빗장을 푼다.

# 하늘·숲 바라기

　이른 아침, 가벼운 운동복 차림으로 집을 나선다. 그동안 이런저런 핑계를 대며 미루다가 며칠 전부터 다시 산에 오르기 시작했다. 드문드문 문을 연 상가들을 지나 높고 낮은 콘크리트 숲을 10여 분 정도 걷다 보면 어느새 녹색 치마를 두른 자연의 숲, 뒷산 초입에 이르게 된다. 잠시 눈을 들어 내가 오르게 될 산등성이를 가늠해 본다. 언제 보아도 푸근하고 아늑한 느낌을 주는 그런 모습이다. 계절마다 천혜의 은총인 양 나의 마음을 사로잡는 곳, 산자락은 지금 녹음이 한창이다.

　산에 오르기 전, 입구에서 제일 먼저 눈맞춤을 하는 것은 자투리 땅에 심어져 오밀조밀 얼굴을 내밀고 있는 호박, 고추, 열무, 상추 등의 푸성귀들이다. 돌보는 이의 정성 때문인지 하루가 다르게 몸피를 늘리며 키 재기를 한다. 잎새를 키우고 열매를 맺는 모습들을 보면 마치 고향의 텃밭을 옮겨다 놓은 것 같다.

고것들과 정다운 눈인사가 끝나면 적당히 경사진 오르막길을 오르기 시작한다. 가쁜 숨을 몰아쉬며 조금 오르다 보면 이내 갈래길이 나타난다. 그 길목에 들어서면 난 잠시 고민에 빠진다. 그날의 등산로를 결정해야 하기 때문이다. 오르는 길목 중간 중간엔, 나무 등걸을 걸쳐 계단을 만들어 놓은 편안하고 널찍한 길이 있는가 하면, 사람들이 다닌 발자취가 적어 호젓한 오솔길도 있다. 갈림길에서의 고민은 그날의 일정이나 몸의 컨디션과도 비례한다. 약속이 있거나 마음이 바쁜 날은 널찍하고 평평해진 길을, 생각이 복잡하거나 사색하고 싶은 날이면 호젓한 오솔길로 방향을 잡는다.

내가 즐겨 찾는 곳은 오솔길이다. 널찍한 길에 비해 보행이 좀 더딘 것 말고는 사색을 하기에 더없이 좋은 곳이다. 걷다 보면 발밑에서 느껴지는 폭신한 흙의 감촉과 지난해 떨궈 낸 낙엽의 감촉이 마치 카펫 위를 걷는 것만 같다. 발끝에 채여 바스러진 낙엽과 녹색의 잎이 어우러져 쏟아내는 알싸한 냄새가 바람에 스치어 코끝을 자극한다. 피톤치드(phytoncide)이다. 식물들이 만들어 내는 살균성 물질을 통틀어 지칭하는 피톤치드는 심리적인 안정감과 말초혈관을 단련시키고 심폐기능을 강화한다고 한다. 피부를 소독하는 약리 작용의 역할을 하는 것으로도 알려져 있다. 숲속에 들어서면 기분이 상쾌하고 차분해지는 것도 그 때문이 아닐까? 숲이 내게 주는 최고의 선물이다.

그 향기를 폐부 깊숙이 들이마시며 천천히 발걸음을 옮긴다. 산 중턱에 위치한 헬기장에 도착할 때쯤이면 어느새 등줄기에선 땀이 배기 시작한다. 작은 운동장만 한 그곳에 서면 나는 잠시 숨고르기를 한다. 발아래 펼쳐지는 낯익은 풍경들을 보는 것도 즐거운 일이다. 청명한 날이면 멀리 남산의 송신탑도 보인다. 손을 뻗으면 잡힐 듯 가까운 곳의 경인교육대학교, 그 뒤쪽으로는 아파트 숲이 끝없이 펼쳐져 있다. 평지에선 그토록 높게만 보이던 고층 아파트가 발아래 있다. 납작하게 엎드려 머리통만 보이는 단독주택, 그리고 저층 아파트들은 마치 레고를 쌓아 만든 장난감 집만 같다. 낮은 포복으로 머리를 조아리는 그 모습들을 바라볼 때면 난 잠시 우쭐해진다. 높은 곳에 오른 자만이 누릴 수 있는 호사이다.

그러나 감상적인 호사도 잠시, 헬기장에서 평지로 이어지는 길을 조금 걷다 보면 이내 공사현장이 나온다. 내장을 드러낸 벌건 흙더미, 의자를 만들기 위해 반듯하게 잘라 놓은 나무토막들, 그리고 용도를 알 수 없는 비닐 천들이 여기저기 흩어져 있다. 주민들의 건강을 위해 운동기구를 설치하고, 휴식공간을 만들기 위한 공사라고 했다. 산을 오르는 것만으로도 충분한 운동이 됨을 모를 리 없건만, 굳이 산허리를 깎아 운동기구를 들여놓는 심사를 모르겠다. 투박하고 순수한 자연 그대로가 아름다운 것 아닐까? 풀잎을 깔고 앉으면 폭신한 풀방석이 되고, 다리가 부러져 넘어질 염려

없는 튼튼하고 널찍한 바위의자가 곳곳에 버티고 있는데……. 들리는 말에 의하면 차기 선거를 염두에 둔 어느 예비 후보가 지역 주민들을 위해 기증하는 것이라고 했다. 기왕에 선심을 쓸 양이면 가뭄과 물난리로 고생하는 인근 농민들에게 양수기라도 보낼 일이지, 애꿎은 산허리는 왜 원형 탈모증 대머리 산으로 만들어 놓는지 모르겠다. 치산치수(治山治水)는 치국(治國)의 근본이라고 했거늘.

바위에 걸터앉아 길게 심호흡을 해본다. 내장을 드러내는 상처를 입고서도 성내지 않고 넓은 가슴으로 품어 주는 산이 미덥기만 하다. 아침마다 가쁜 숨을 몰아쉬며 산을 오르는 것은 아마도 포근하고 넉넉한 그 모습에서 어머니의 품이 느껴지기 때문 아닐까? 숨 가쁘게 오르던 오르막길도, 갈림길에서의 고민도, 공사장에서의 뒤틀린 심사도 모두 접어 버리고 눈을 들어 하늘을 본다. 어느새 아침 햇살이 따갑다.

# 이수로

  스치는 바람결에서도, 발밑에서 전해오는 흙의 감촉에서도 봄의 기운이 느껴진다. 묵은 솔방울을 드라이플라워처럼 달고 서 있는 소나무 사이로 하늘이 싱그럽다. 계양산 줄기를 따라 서남쪽으로 병풍처럼 둘러진 산자락, 완만하게 이어진 등산로가 전에 없이 정겹기만 하다.

  이십여 년을 넘게 운동 삼아 오르내리던 산길이 이처럼 애틋하게 다가오는 것은 왜일까. 아마도 나의 길 '이수로'가 생긴 때문일 것이다.

  지난해 십이 월, 나는 이수로로 명명된 이 산길을 생일선물로 받았다. 솔직히 고백하자면 내 스스로 이름 지어 받은 선물이기도 하다. 한 시간 거리의 산책로, 그것도 자신의 이름을 붙여 선물로 받았다면 대부분의 사람들은 웃음부터 쏟아낼 것이다. 더러는 계양산의 실소유자가 되었냐며 부러운 시선을 보낼지도 모르겠다. 하지만 거래 문서나 금전이 오간 것은 아니다. 그렇다 보니 그 길이 이수로란 것을 아는 사람도 몇 안 된다.

한 달에 한 번, 동아리(소설) 모임이 있다. 거개가 진취적이고 지향하는 뜻도 엇비슷하다. 어떤 일에 의견이 모아지면 끝까지 밀고 나가는 뚝심도 있다. 그러나 워낙 개성이 강한 사람들의 모임이다 보니 생각 또한 럭비공처럼 어디로 튈지 모른다.

지난여름 이박삼일 여정으로 거제도에 갔을 때의 일이다. 궂은 날씨로 인해 계획했던 외도행이 무산되었다. 그때, 거제도에 살면서 그곳 지리를 잘 아는 친구가 우리 일행을 이름 없는 바위섬으로 안내했다. 오성포구에서 모터보트로 십여 분 남짓 달려간 그곳에는 바위섬이 수줍게 엎드려 있었다. 십여 명이 둘러앉기에도 옹색한 아주 작은 바위였다. 하지만 무산된 외도행이 다행이라고 여겨질 만큼 바위섬에서 바라본 바다 풍광은 그야말로 환상적이었다. 안개비가 운치를 더해주었다. 누가 먼저랄 것도 없이 우리는 바다 속으로 뛰어들었다. 바다소라를 잡고, 준비해 간 횟감을 안주 삼아 술잔을 기울이기도 했다. 짧은 시간, 그만큼의 아름다운 추억을 만들기도 쉽지 않을 것이다. 우리는 즉석에서 바위섬의 이름을 '미송도'로 지어 생일을 맞은 친구에게 선물로 주었다. 이름도 없이 바다에 떠 있던 조그만 바위섬! 미송도는 그렇게 태어났다.

미송도를 시작으로 이름 없는 산봉우리·개천·바다·산책길·구름·호수에 우리는 이름을 붙여주었다. 생일선물이란 명분으로.

자기 이름이 붙은 자연의 일부를 선물로 받았을 때의 황홀감이라니. 받아보지 않은 사람은 그 기분을 모를 것이다. 이수로! 생일선물치고 너무 근사하지 않은가. 아무리 생각해 보아도 특별한 선물이다. 다소 엉뚱하기까지 하다. 하지만 주는 사람과 받는 사람의 뜻이 같고 보면 이보다 신선하고 뜻 깊은 선물도 없을 것이다. 진초해가 서해 바다로만, 이수로가 어찌 산책길로만 보이겠는가. 아마도 지금까지 받은 생일선물 중 가장 값지고 소중한 선물로 기억되지 않을까 싶다.

마음만 먹으면 하루에도 몇 번이고 다녀올 수 있는 곳. 언제든 찾아가면 반겨주는 이수로가 있어 나는 행복하다. 남녀노소 그 누구의 발자국도 거부한 적이 없는 산길, 오르내리는 사람들에게 기꺼이 자신의 등을 내어주는 이수로를 찾아 나는 오늘도 그 품에 든다. 오가며 마주치는 사람들이 전에 없이 반갑다.

# 마음밭 가꾸기

나의 메마른 마음밭에 감사하는 마음을 심어 준 할머니 한 분이 계시다. 몇 년 전 단독주택으로 이사를 오면서 알게 된 앞집 할머니다.

이사 오고 나서 며칠 후의 일이다. 출근하려고 대문을 나서는데 골목에 나와 계시던 할머니께서 '앞집에 새로 이사 온 새댁이우?' 하며 먼저 말을 건네 오셨다. 자그마한 키에 반백의 머리를 단정하게 빗어 넘긴 할머니는 생전의 우리 할머니 모습을 보는 것 같아 반가웠다. 마흔 살 넘어 새댁이란 말을 듣는 것도 기분 좋은 일이었다. 철대문으로 굳게 닫혀 있는 골목 풍경이 마냥 낯설었는데, 인정이 넘치는 할머니의 그 말씀 몇 마디가 가슴을 따뜻하게 적셔왔다.

이후 할머니와 나는 골목을 사이에 둔 이웃사촌으로 남다른 정을 쏟으며 지냈다. 선뜻 다가서지 못하는 성격 탓도 있었지만, 가게 일로 늘 바쁘다보니 이웃과는 어울릴 수 있는 시간이 없었다.

골목에서 유일하게 대화를 나눌 수 있는 사람은 할머니뿐이었다.

그런데 할머니와 함께 하는 시간이 많아지면서 느낀 것은 할머니의 입을 통해 습관적으로 나오는 감사하다는 말이었다. 할머니는 일흔이 넘은 연세에도 불구하고 아이를 돌봐 줄 수 있는 건강을 주셨으니 감사하다고 했다. 손자인 한솔이가 건강하게 잘 자라는 것도, 좋은 이웃을 만난 것도 모두 감사하다고 했다. 할머니는 삶 그 차제가 감사의 연속이었다.

일상의 자질구레한 일들에도 늘 감사하다며 미소로 일관하시는 할머니! 그래서일까 할머니의 표정은 항상 밝으셨다. 할머니의 그런 따듯한 모습을 보며 메말랐던 나의 가슴에도 차츰 감사하는 마음이 생기기 시작했다. 그저 평범하다면 평범할 수 있는 할머니의 말씀 한마디 한마디가 내겐 그 어떤 명언보다도 가슴 깊이 와 닿았기 때문이다.

주위를 둘러보면 신체적인 불구나 경제적인 악조건 속에서도 자신보다 어려운 사람들을 위해 헌신적으로 봉사하는 사람들이 많다. 행복의 가장 큰 장애물은 '너무 큰 행복을 기대하는 것'이라고 했는데 할머니의 행복지수는 감사하는 마음으로부터 오는 게 아닐는지.

얼마 전 최빈국에 속하는 방글라데시 국민이 가장 행복하다고 여긴다는 신문기사를 읽고 놀란 적이 있다. 객관적 조건에서 앞선 미국이나 스위스, 일본을 제치고 주관적 행복도에서 1위를 차지한

것이다. 주어진 환경에 만족하며 작은 것에 감사할 줄 아는 마음에
서 오는 행복감일 것이다.

그런 의미에서 볼 때 할머니가 심어 준 감사의 씨가 싹을 잘 틔
웠는지 언제부터인가 내게는 없는 것보다 가진 것이 더 많게 느껴
졌다. 사랑하는 가족이 있고, 일할 수 있는 일터가 있고, 무엇보다
도 온 가족이 건강하니 감사했다. 이른 아침 운동 삼아 오를 수 있
는 산이 집 가까이 있다는 것도 감사, 좋은 이웃이 있다는 것도,
마음 놓고 글을 쓸 수 있는 여유가 있다는 것도 모두모두 감사할
일이었다. 돌이켜 보면 일상이란 모두 감사할 일들의 연속인 것이
다. 다만 그것을 깨닫지 못했을 뿐이다.


행복과 불행은 그 크기가 정해져 있는 것은 아니다. 다만 그것을 받아
들이는 사람의 마음에 따라서 작은 것도 커지고 큰 것도 작아질 수 있는
것이다. 현명한 사람은 큰 불행을 작게 처리하고, 어리석은 사람은 조그
마한 불행을 현미경으로 확대해서 스스로 큰 고민 속에 빠진다.

— 라 로슈프코


같은 환경, 같은 조건에서도 불평을 하는 사람이 있는가 하면 감
사의 기도를 올리는 사람도 있다. 주어진 만큼, 아니! 그 이상으로
감사하며 살아야겠다. 그 정도가 지나치다 해도 허물이 될 수 없는
것이 감사하는 마음일 테니.

# 짚풀사랑

짚으로 만든 옛 생활용품을 만나보기 위해 '짚풀생활사박물관'을 다녀왔다. 그곳에는 짚신, 삼태기, 맷방석, 달걀꾸러미 등 바라만 보아도 정겨운 물건들이 진열되어 있었다. 파종할 때, 할머니 허리에 매달려 대롱거리던 종다래끼, 시렁 위에 둥구미, 붉은 고추가 널려 있을 것만 같은 멍석 등 모양과 크기도 각양각색이었다. 이제는 편리한 생활용품에 밀려 시골에서조차 그 모습을 찾아보기가 힘든 것들이다.

연초, 인천시립박물관에서 정월대보름 행사가 열렸을 때다. 박물관 자원봉사자로 활동하는 나는 새끼꼬기 도우미를 자청하고 나섰다. 오랜만에 고향 냄새를 맡아보고 싶어서였다. 어릴 적 아버지를 따라 흉내 내던 새끼꼬기의 경험이 많은 보탬이 됐다. 행사가 진행되는 내내 나는 짚풀더미에 묻혀 달걀꾸러미를 만들고 새끼를

꼬며, 참가한 시민들과 어우러져 한바탕 짚풀 잔치를 벌였다.

대보름 행사의 대미는 달집태우기다. 점화가 되는 순간 달집 주위를 겹겹이 둘러싸고 있던 많은 사람들의 함성이 이어졌다. 때맞춰 사물놀이패들이 상모를 돌리고 꽹과리와 장구를 두들기며 흥을 돋우었다. 그 모습을 바라보던 사람들도 너나 할 것 없이 손에 손을 잡고 강강수월래를 하는 것처럼 달집 주위를 빙빙 돌기 시작했다. 소원을 담은 소지들이 새끼줄에 달려 있다가 달집과 함께 타들어 갔다. 달집을 두르고 있던 이엉도, 소지를 달고 둘러졌던 새끼도 소임을 다하고 재로 스러지는 순간이었다.


생각해 보니 지푸라기만큼 쓰임새가 많은 것도 드물지 싶다. 늦가을, 낟알을 털어 낸 지푸라기는 아무짝에도 쓸모없을 것 같지만 그것은 농사를 지어보지 않은 사람들이나 하는 소리다. 사람으로 치면 노년기라고 할 수 있는 그때부터 짚의 진가(眞價)가 드러난다. 어찌 보면 지푸라기의 전성기인 셈이다.

용도에 따라 소의 겨울 양식인 여물이 되기도 하고, 손뿌리 여문 사람에 의해 다듬어지면 둥구미나 맷방석처럼 생활도구가 되기도 한다. 그네처럼 놀이기구가 되는가 하면, 제웅으로 태어나 액막이 역할을 하기도 한다. 버려지면서까지 퇴비가 되어 소임을 다하는 것이 지푸라기다. 그야말로 버릴 것이 하나도 없다. 꽃을 피우거나 열매를 맺는 것으로 소임을 다하는 과실나무에 비하면 낟알을 털어 낸 지푸라기의 노년은 화려하기만 하다.

어느새, 인생의 반을 훨씬 넘은 자리에 서 있다. 두 아이 모두 제 몫은 알아서 챙기는 나이가 되고 보니 나는 영락없이 낟알을 털어낸 지푸라기의 모습이다.

나도 지푸라기처럼 귀히 쓰임 받을 수 있는 노년을 맞이했으면 좋겠다. 여럿이 둘러앉을 수 있는 맷방석이어도 좋고, 아니면 소중한 것을 꽁꽁 묶을 수 있는 새끼줄여도 좋겠다.

가을이다. 다시 지푸라기의 계절이다.

# 돌 이바구

무엇에 쓸고?

하산 길에 작은 돌멩이 하나를 주워 들었다가 맞춤한 용도가 생각나지 않아 갈참나무 밑에 던져두고 오는 중이다. 납작하니 네모진 것이 사방치기 하기에 알맞은 크기였다.

시골에서 나고 자란 때문일까. 아니면 나이 듦의 현상인가. 전에 없이 자연 속에 이름 붙여진 것들에 자주 눈을 맞추고 귀를 열어놓게 된다. 산을 오르내릴 때 무심코 지나쳤던 등 굽은 소나무에게도 눈길 한 번 더 주고, 발자국 소리에 놀라 잽싸게 자리를 옮겨앉는 새들에게도 인사를 나누게 된다. 그렇게 자연 속에 나를 맡기는 날이면 내 안엔 또 다른 풍경 하나가 들어온다.

돌멩이가 지천으로 널려 있는 개울가에서 소꿉놀이를 하는 예닐곱 살 계집아이의 모습이 반투명으로 다가온다. 납작한 돌소반 위엔

모래로 지은 밥이랑 꽃잎과 들풀로 만든 반찬이 그득하다. 그때만큼은 사촌동생 근철이와 여보, 당신 하는 금슬 좋은 부부가 되었다.

외삼촌댁에 가는 산길에서 만났던 돌무더기도 특별한 기억으로 다가온다. 그 앞을 지나칠 때면 무서워서 머리끝이 쭈뼛쭈뼛 서곤 했다. 호랑이보다 더 무섭게 느껴졌던 서낭당이 마을수호·액운퇴치·소원성취, 치병과 무병장수를 기원하고 곳이라는 것을 알고부터는 주변에 있는 돌멩이를 주워 던지는 여유까지 생겼다. 공깃돌놀이, 사방치기, 비석치기, 물수제비뜨기 등 어릴 적 놀이도구가 돼주었던 돌멩이! 가만 생각해 보니 돌과의 인연은 아마도 태어나면서부터였지 싶다. 그해 겨울, 딸 부잣집 셋째 딸로 태어나 탯줄을 자르기도 전 구들장 위에서 첫 울음을 울어댔으니.

얼마 전, 겨울 바닷가에서 천태만상의 돌들을 만나고 돌아왔다. 공깃돌보다 작은 것에서부터 키를 넘는 커다란 바윗돌까지…… 때마침 선녀바위가 있는 곳에서는 굿판이 벌어지고 있었다. 그들이 거대한 바위 앞에서 두 손을 모으고 간절히 기원하는 것은 무엇이었을까. 겨울의 한복판, 차디찬 바닷바람을 무릅쓰고 빌어야 할 만큼 간절한 사연이라도 있는 것일까. 미물인 돌 앞에 서서 두 손을 모으고 있는 그들의 모습을 보면서 나도 모르게 어깨가 움츠러들었다.

모양에 따라 쓰임새가 달라지는 돌. 돌. 돌. 아이들에게는 놀이도구로, 싸움을 할 때는 무기로, 돌을 수집하는 호사가들에게는 부의 가치를 상징하는 장식용으로, 아들을 못 낳는 여인에게는 신비의 효험을 갖춘 묘약으로 돌은 그 몫을 톡톡히 해내고 있다. 머리 나쁜 사람을 가리켜 돌 머리라고 하거나 돌뿌리 걷어차면 제 발 뿌리만 아프다. 돌다리도 두들겨 보고 건너라 등 유난히 돌과 관련된 속담이나 명구가 많은 것도 돌이 우리의 생활과 무관하지 않기 때문일 것이다. 임진왜란 당시, 부녀자들이 치마에 돌을 담아 나르며 밀려오는 적에 대항해 싸웠다는 행주대첩에서도 훌륭한 무기가 되어준 것은 돌멩이였다.

얼마 전, 150억 원이 넘는다는 돌을 TV 화면에서 보고 깜짝 놀랐다. 중국 수석전시회장에 '세월'이라 이름 붙여져 선을 보인 이 희귀한 돌의 실제 크기는 어른 주먹만 하다고 했다. 2억 년 전 화산폭발로 형성돼 중국 변경지대 사막에 묻혀 있다가 최근 발견된 것인데 굵게 패인 주름과 듬성듬성 나 있는 검버섯 등이 영락없는 노인의 얼굴 모습이었다. 세월이란 이름을 가질 만큼 찡그린 듯하면서도 웃는 것 같은 기이한 표정이 묘하게 조화를 이루었다. 묘한 기석(奇石)의 표정도 볼만했지만 그보다는 150억 원이 넘는다는 어마어마한 가격에 나는 놀라지 않을 수 없었다. 돌이 돌로 보이지 않는 세상. '돌 보기를 황금같이 하라'는 신조어가 생기지 않을까.

'見金如石'

황금 보기를 돌같이 하라는 이 교훈은 최영이 어릴 때, 그를 훈계하면서 아버지가 남긴 유명한 말이다.

황금 보기를 돌같이 하라던 선인의 교훈이 무색하기만 하다.

# 콤플렉스

철들면서 결혼 전까지 내겐 쉽게 해결할 수 없는 숙제 하나가 있었다. 바로 몸무게를 불리는 일이었다. 왜소한 몸에 어떻게 하면 살을 붙이고 작은 키를 더 커 보이게 할 수 있을까? 식사량을 늘리는 것은 물론이고 늦은 밤 간식 챙겨 먹기, 속옷 껴입기 등 몸피를 늘리는 일이라면 수단 방법을 가리지 않았다. 하지만 그런 나의 노력에도 몸무게는 좀처럼 늘지 않았다. 친구들은 그런 나를 보며 부러워하기도 하고 유난스럽다며 핀잔을 주기도 했다.

어머니는 '여자가 그만하면 됐지. 작은 고추가 매운 것도 모르니.' 하시며 나무라셨다. 동네 사람들에게는 뚝배기보다 장맛이 더 좋다며 은근히 딸 자랑을 하시기도 했다. 그러나 그 어떤 말도 위로가 되지 않았다. 스스로 마음의 생채기를 만들며 자꾸만 안으로 안으로 움츠러들었다. 학교 다닐 때의 자신만만했던 성격은 차츰 소극적으로 변해 갔다. 외모에 대한 콤플렉스로 인해 모든 일에 자신감을 잃고 피해 의식에 사로잡혀 때로 부모님을 원망하기도 했다.

'신체적 콤플렉스'

고맙게도 그때 나의 숨통을 틔워 준 것은 책이었다. 장르를 가리지 않고 읽어댔다. 활자화된 글에 눈을 맞추고 잉크 냄새에 취해 하얗게 밤을 새우기도 했다. 사랑도 책을 통해 간접 경험을 했다. 여러 유형의 사람들을 글 속에서 만났다. 그들은 나의 내세울 것 없는 외모를 탓하지 않았다. 상처를 주는 일은 더더욱 없었다. 외모 콤플렉스에서 벗어나기까지, 나는 그렇게 소중한 젊은 날을 이성과의 사랑이 아닌 책과 씨름으로 보냈다.

그런데 세월은 때로 행, 불을 희석하여 근사하게 치장할 줄도 알았다. 사랑을 하면 눈이 먼다고 했던가? 스물아홉 살 되던 해 가을, 중매로 만나 사랑을 고백해 오는 남자가 있었다. 지금의 남편이다. 남편이 건네준 사랑이란 이름의 명약은 효험이 있었던지 상처는 통증 없이 시나브로 아물기 시작했다. 시어머니가 그처럼 염려했던 신체적 조건에도 불구하고 건강한 아이를 둘이나 낳았다.

이제 뱃살을 걱정하는 중년의 나이가 되었다. 아랫배가 나와 고민이라고 했더니 남편은 더 이상은 안 된다며 놀려댔다. 그러다가도 내가 토라지는 척하면 키만 쬐끔 더 컸으면 미스코리아 감이라고 추켜세웠다. 그런 남편의 거짓말이 싫지 않았다.

알면서도 속고 모르면서도 속고 사는 게 사람살이라고 했다. 남편의 잣대로는 쬐끔만 더 크고, 쬐끔만 더 이쁘면 미스코리아 감인 아내인 것을…… . 남편의 거짓말, 새빨간 거짓말은 무죄라고 말하고 싶다.

신체적 조건이 세상을 살아가는데 아무런 장애가 될 수 없음을 사랑을 통해 알게 해준 남편, 그런 남편의 눈먼 '사랑 방정식'은 현재 진행형으로 오늘도 그 진가를 발휘하며 생활의 활력소가 되고 있다.

| 콩트 |

# #스물즈음

# 별난 여행

여느 날보다 일찍 잠에서 깨어난 연우는 3구 가스버너가 모자랄 정도로 부산스레 아침식사를 준비했다. 남편이 여행경비로 챙겨준 이백만 원을 생각하면 생선을 굽다가도, 나물을 무치다가도 콧노래가 절로 나왔다.

"무슨 반찬이 이렇게 많아?"

식탁에 앉은 남편의 눈이 휘둥그레졌다.

"하루 세 끼 밥은 꼭 챙겨 먹기에요. 며칠만 삼산동 엄마네 집에 가 있던가."

누굴 위한 이벤트인지 모르겠지만 좀 더 멋진 연기를 해야 했다. 이상한 것은 실제로 해외여행을 떠나는 사람처럼 연우는 기분이 들뜨고 가슴이 설렜다.

"나 없이도 열흘 정도는 견딜 수 있죠?"

“그야 일 년이라도 참아야지. 내 걱정은 말고 잘 다녀와. 오늘 한 시 비행기랬나?”

장난삼아 한 말이 여기까지 올 줄은 연우 자신도 몰랐다. 처음에는 거짓말이 들통 날까 봐 노심초사했다. 그런데 시간이 지나면서 배짱이 생겼다. 거짓말을 보태다 보니 찔리는 구석이 없는 것은 아니었지만 기왕에 이렇게 된 일 이제는 갈 데까지 가보자는 심산이었다. 남편 말대로 결혼 후, 해외여행은커녕 국내여행도 제대로 못한 연우 아닌가.

며칠 전의 일이다. 고등학교 동창 몇몇이 해외여행을 간다며 하롱베이로 떠나던 날, 친구 영미로부터 연락이 왔다. 사정이 있어 못 가는 친구들끼리 하루 시간 내서 콧바람이나 쐬고 오자고 했다. 장소는 서울 근교에 있는 중남미문화원이라고 했다. 연우는 귀가 솔깃했다. 오랜만에 친구들을 만날 생각을 하니 가슴이 설레기까지 했다. 통화 중에 오가던 중남미 어쩌고 하는 말을 귀담아 들었는지 곁에 있던 남편이 수화기를 내려놓자마자 물었다.

“해외여행 갈라고?”

연우는 진지하게 물어오는 남편의 얼굴 표정을 보자 갑자기 장난기가 발동했다.

“으응, 동창회에서⋯⋯. 여행 경비는 적립된 기금에서 전액 지출한다네. 보내줄 거죠?”

“며칠 있다 오는데?”

"아직 구체적인 것은 잘 모르겠고, 중남미라면 보름 정도는 잡아야겠죠?"

"다녀와. 후회하지 말고. 못 가게 했다가 나중에 그 원망을 어떻게 감당하라고."

여행 경비가 부담 없어서인지, 아니면 인심이나 쓰고 보자는 심산인지 남편의 대답은 의외로 간단했다. 싱거우리만치 쉽게 허락을 받자 당황한 쪽은 오히려 연우였다.

농담으로 시작한 해외여행 건은 그렇게 해서 남편의 비상금을 털어내는 데까지 성공했다. 생각 없이 내뱉은 말 한마디가 이런 횡재를 불러오다니. 연우는 생각지 않은 보너스를 받은 기분이었다. 해도, 안 해도 후회를 하는 것이 결혼이라고 했던가. 식탁에 앉아 남편을 향해 수없이 감사의 느낌표를 찍어대던 연우는 결혼은 한 번 해볼 만하다고 혼잣말처럼 중얼거렸다.

남편이 출근하고 난 뒤, 연우도 서둘렀다. 비록 해외여행은 아니지만 일상으로부터의 탈출은 생각만으로도 가슴이 설렜다. 무엇보다 여행의 기쁨은 지폐의 부피와 비례한다고 했는데, 오늘 친구들과의 만남은 즐거움이 배가될 것이다. 중남미문화원이면 어떻고, 월미도 바닷가면 또 어떠랴. 며칠째 볼 부은 시어머니 상을 하고 있던 날씨마저 오늘은 연우 편이 되어주었다.

뜻 맞는 사람들과의 만남은 언제나 즐거움이 기대치를 웃도는 법이다. 시작부터가 예사롭지 않았다. 몇몇 친구들이 한껏 기분을 낸 까닭이다. 연우도 질세라 거들었다. 남편에게 받은 여행 경비 중 친구들을 위해 쓰는 기분 좋은 십일조였다.

그러나 대부분의 친구들이 자유롭게 쓸 수 있는 시간은 남편의 퇴근시간 전까지였다. 문화원에서 음식점으로, 노래방에서 호프집으로 장소를 옮길 때마다 차츰 머릿수가 줄어들었다. 이런저런 핑계를 대며 자리를 뜨는 친구들을 바라보며, 연우는 피식 웃음이 나왔다. 온전히 자신에게 주어진 15일간의 여유 때문이었다.

"야! 우리 나이 정도면 자신을 위해 투자할 필요가 있지 않니? 맥 빠지게 왜들 그래 정말?"

알코올의 힘을 빌려 내뱉고 보니 바로 연우 자신에게 던진 말이 되고 말았다. 남편 그늘에서 적당히 편한 것에 길들여지고 그것에 안주하다 보니 남은 것이라곤 아무것도 없었다. 사십이 넘은 지금, 자신을 위한 투자는커녕 주어진 몫도 제대로 못 챙기는 소심한 여자가 바로 연우였다.

시립무용단원으로 활동하며 공연차 해외를 제집 드나들 듯 한다는 인애, 특수작물의 농사법을 강조하며 도시의 어느 재벌 부럽지 않다는 미순이, 뒤늦게 소설 공부를 하며 얼마 전에 북카페를 열었다는 지영이, 모두 자기 분야에서 제 몫을 톡톡히 해내고 있었다. 행복지수를 높이는 일이 여행 횟수에 비례하거나 경제적인 여유에서 오는 것은 결코 아닐 것이다. 연우도 그동안 평범한 가정주부로 사는 것에 크게 불만은 없었다. 그런데 요즘 들어 시쳇말로 잘 나간다는 친구들을 만날 때면 자꾸만 움츠러들었다. 십일조 운운하며 호기를 부렸던 것도 어쩌면 그 때문인지 모르겠다.

"연우야! 미안해 나 먼저 갈게. 중요한 약속이 있어서."

끝까지 함께 할 줄 알았던 혜영이마저 먼저 자리를 털고 일어섰다. 건네받은 명함에는 'H식품 방배지점장 최혜영'이란 글자가 선명하게 찍혀 있었다. 연우는 연거푸 술잔을 비워 댔다. 술기운이 오르자 비릿한 슬픔 같은 것이 밀려왔다. 이대로 어디론가 훌쩍 떠나고 싶었다. 집을 나설 때만 해도 깜짝 이벤트를 준비하며, 퇴근해 돌아오는 남편을 놀려주려고 단단히 벼르고 있었다. 그런데 시간이 지나면서 생각은 자꾸 엉뚱한 쪽으로 방향을 틀었다. 보름치의 주어진 시간을 고스란히 자신을 위해 쓰고 싶었다.

가고 싶은 곳을 머릿속으로 그려보았다. 얼마 전 티브이에서 보았던 홍도와 보길도가 떠올랐다. 생각만으로 그쳤던 울릉도는 어떨까. 고심 끝에 첫 여행지를 제주도로 정했다. 제주도를 시작으로 몇 개의 섬을 돌아볼 작정이었다. 마트에 들러 간단한 여행용품, 그리고 여벌의 옷과 편하게 신을 운동화도 한 켤레 샀다. 중남미문화원행을 준비할 때와는 또 다른 느낌이 들었다.

공항을 가기 위해 버스를 탔을 때는 어스름 저녁 무렵이었다. 몇 잔 마신 술기운 때문일까. 자리에 앉자마자 잠이 쏟아졌다. 버스가 달리는 동안 가수면 상태에서 자다 깨기를 반복했다. 어디쯤에서일까. 실눈을 뜨고 보니 차창 밖으로 낯익은 간판들이 들어왔다.

순간, 연우는 자신이 내려야 할 곳을 지나치고 있다는 생각이 들었다. 마음이 급했다. 무릎 위에 놓여 있던 가방을 움켜쥔 것과 동시에 자리에서 벌떡 일어났다.

"아저씨! 잠깐만요. 여기서 내려주세요. 죄송합니다."

마악 출발하려는 버스를 세워 급히 내리고 보니 집에서 십 분 거리에 있는 직행버스 정류소였다. 손에 들려진 여행용 가방을 보고서야 연우는 일이 크게 잘못되었다는 것을 알았다. 모처럼 마음 먹고 떠나려 했는데…… 십 분 거리에 있는 집이 제주도보다 훨씬 더 멀게만 느껴졌다. 잠시 방향 선택을 놓고 고민해야만 했다. 거리엔 어느새 사월의 까만 밤이 내려앉고 있었다.

남편은 아직 퇴근 전이었다. 집에 돌아왔다는 안도감 때문인지 긴장이 풀리면서 피곤이 한꺼번에 밀려왔다. 씻지도 못하고 그대로 쓰러져 잠이 들었다. 얼마를 그렇게 잠들었던 것일까. 두런거리는 소리에 잠이 깼다.

"피곤하지. 씻을래?"

"아뇨! 나중에."

"편하게 생각해. 술 한 잔 더 할까?"

연우는 잠이 확 달아났다. 코앞에서 벌어지고 있는 일들이 믿기지 않았다. 자신이 없는 틈을 타서 여자를 집안에까지 끌어들이다니! 피가 거꾸로 솟는 것 같았다. 그래! 그거였구나. 어쩐지 순순히 허락을 한다 했지. 나를 위해서라면 일 년이라도 참을 수 있다고? 그걸 믿은 내가 어리석었지. 이백만 원을 받아들고 감격하여 특별 서비스에 평소 안 하던 아양까지 떨었는데. 생각할수록 분하고 자존심이 상했다. 간간이 잔 부딪는 소리와 함께 웃음소리가 들려왔다. 당장이라도 뛰쳐나가 따지고 싶었다. 하지만 섣불리 나설 일이 아니었다. 지금은 때가 아닌 것 같았다.

'변명을 못하게 확실한 증거를 잡아야 해. 극적인 상황에서 현장을 덮쳐야지. 냉정하자, 침착하자.'

최면을 걸듯 중얼거리며 연우는 슬며시 베개를 끌어당겨 안았다. 현장을 들켰을 때의 남편 표정이 몹시 궁금했다. 솔직히 말하면 함께 있는 여자의 모습이 더 궁금했다. 인애라면, 지수라면 그 애들은 어떻게 대처했을까. 어둠 속에서 도둑고양이처럼 웅크리고 앉아, 남편의 불륜 현장을 잡겠다고 벼르고 있는 자신의 모습이 한심하기도 하고 초라해 보여 견딜 수가 없었다.

시간이 지날수록 상처 입은 자존심은 날을 세웠다. 그 와중에 생리현상까지 연우를 괴롭혔다. 정량을 넘게 마신 술이 뒤틀린 심사와 맞물리면서 뱃속에서는 뒤늦게 게릴라전이 벌어지고 있었다. 연우는 살며시 안방 화장실 문을 열고 들어갔다. 그때였다. 거실 쪽에서 희미하게 귀에 익은 전화벨 소리가 들려왔다. 들어오면서 거실 소파에 던져놓은 핸드백 속에서 울리는 휴대폰 소리였다. 진퇴양난의 순간, 이성은 마비되고 행동은 민첩했다. 연우는 한걸음에 거실로 뛰쳐나갔다. 저승사자를 만났을 때의 표정이 그러할까. 예기치 않은 상황에 놀란 두 사람은 동시에 자리에서 벌떡 일어났다. 당황하여 벌겋게 달아오른 남편의 얼굴을 보자 연우는 참았던 화가 머리끝까지 치밀어 올랐다. 계속 울어대는 전화기를 꺼내 남편의 가슴팍을 향해 집어 던졌다.

"아니!  당신 여행 간다더니 어떻게 된 거야아?"

놀란 표정과는 달리 술기운이 오른 남편의 목소리는 한없이 늘어졌다.

"여행!  해외여행 보내놓고 한다는 짓이 고작 이런 거였어?"

"이 사람이 지금 무슨 소릴 하는 거야아. 진정하고 내 말 좀 들어봐."

"됐어!  변명 같은 건 필요 없다구. 웬일로 쉽게 허락을 한다 했지."

"나 참!  당신 정말 왜 이래. 그 꼴은 또 뭐구."

"내 꼴이 뭐 어때서? 왜, 젊은 여자와 어울리다 보니 마누라는 신물이 났어. 내가 누구 만나 살면서 이 꼴이 됐는데."

눈물이 나오려는 것을 꾹 참았다. 연우의 일방적인 악다구니가 계속됐다. 남편은 더 이상 말을 잇지 못하고 두 여자를 번갈아 가며 쳐다보았다. 어색한 분위기에 연우는 숨이 막힐 것만 같았다. 무엇보다 생리적인 문제를 먼저 해결해야 했다. 화장실을 향해 돌아서는데, 오른발에 꿰고 있던 슬리퍼가 한 걸음 앞에 떨어지며 앞장을 섰다. 연우는 슬리퍼를 주워들고 화장실로 뛰어 들어갔다.

얼마를 그렇게 앉아 있었을까. 밖으로 나가지도 못하고 화장실 변기 위에 쭈그리고 앉아 있는데 노크소리가 들렸다.

"나와. 언제까지 그러고 있을 거야."

"……."

"어서 나오라니깐. 캐나다에 사는 사촌누나 알지. 큰 딸 혜리야. 오늘 연락이 닿아서 퇴근 후에 만났어. 한국에는 처음 나왔는데, 호텔에 머문다기에 잠깐 데리고 왔어. 당신 오늘 실수한 거야."

연우는 앉은 채로 변기통의 물 내림 버튼을 힘껏 눌렀다.

# 스물 즈음

　통화가 끝난 지 오래다. 하지만 손엔 여전히 휴대전화가 들려있다. 폴더를 열어 저장된 전화번호를 읽는다. 12개의 숫자가 나열돼있다. 수치로 표기된 통화시간은 7분 28초, 그러나 7분여 동안 무슨말을 주고받았는지 한 줄에 꿰어지지 않는다. 중년남자 특유의 중저음 목소리만이 이명처럼 웅웅댈 뿐이다. 수신번호에 저장된 숫자만큼이나 그의 목소리가 낯설다.

　전화를 받자마자 그는 대뜸 왜 그렇게 전화를 안 받느냐며 따지듯 물어왔다. 밑도 끝도 없이 들이대는 남자의 무례함에 어이가 없었지만 신애는 인내심을 가지고 또박또박 힘주어 말했다.

　"혹시 전화 잘못 거신 것 아니에요. 그쪽이 누군지 전 잘."

　"어제 두 번이나 전화했었는데 많이 바쁘나?"

　말꼬리까지 자르며 반말로 일관하는 남자의 어투에서 살짝 경상도 억양이 묻어났다.

"글쎄요. 무슨 일로 두 번씩이나 전화를 했는지 모르겠지만, 그건 그쪽 사정이고. 전화를 했으면 먼저 본인의 신분부터 밝혀야 하는 것 아닌가요?"

전화기 너머로 흩어지는 신애의 목소리엔 한껏 짜증이 묻어났다.

"여기 중국이야."

중국? 남자는 갈수록 알 수 없는 말만 지껄여 댔다. 미간 사이로선 굵은 주름이 모아졌다. 통화가 길어지면서 신애의 머릿속은 수세미처럼 엉켜들었다. 이른 아침부터 국제전화를 걸어 자신을 아는 체하는 남자, 아무리 기억을 쥐어짜 봐도 떠오르는 사람이 없다. 번지수를 잘못 찾은 게 분명했다. 휴일이면 전화통화는 물론 집에 방문객을 들이지 않는 것이 싱글녀 신애 나름대로의 생활방식이다. 금기사항처럼 되어버린 불문율을 깨고 전화를 걸어오는 사람이라면 신애의 생활패턴을 모르는 사람이다. 신애는 휴일의 단잠을 토막 낸 남자에게 어떤 식으로든 화풀이를 해야 직성이 풀릴 것 같아 전화기를 고쳐 쥐었다.

"이봐요. 무슨 일로 두 번씩이나 전화를 했는지 모르지만 나 지금 그쪽이랑 농담할 기분 아니거든요. 댁이 있는 곳이 중국인지 미국인지 내가 거기까지 알 필요 없잖아요. 비싼 국제전화료 때문에 반말밖에 못하는 것 같은데. 그만 전화 끊으시죠."

"땡삐처럼 쏘기는. 형이야 ! 나 성진우라고. 그래도 모르겠나. 오랜만이지."

송수화기 너머로 남자의 호탕한 웃음소리가 쏟아졌다. 침대에 누운 채 전화기를 들고 뭉그적대던 신애는 성진우라는 말에 튕겨지듯 벌떡 일어나 앉았다. 숨 고르기를 하는 수초의 시간이 무척이나 길게 느껴졌다. 머릿속이 하얗게 바래지는 것만 같았다. 맞은 편 화장대 거울 속에 마치 정지된 화면처럼 미동 없이 앉아 있는 한 여자가 들어 있다.

"어쩌면 오가다 봤을지도 몰라. 나 인천에 살거든. 처음 소식 접하고 많이 놀랐어."

파랑주의보에 버금가는 거센 파도가 또 한 차례 신애의 가슴을 훑고 지나갔다.

"……."

"내 말 듣고 있나?"

"그런데 어떻게?"

"어렵게 연락처를 알아냈어. 많이 망설이다 전화한 거야."

"그랬군요. 그러고 보니 전화하는 것이 망설여질 만큼 세월이……."

"궁금한 게 많아. 아무래도 우리 두 사람 보통 인연은 아닌갑다."

"엉뚱하고 사람 놀래키는 건 여전하네요. 그런데 중국엔 무슨 일로, 여행 중?"

"아니! 그런 건 아니고. 암튼 목소리 들으니 너무 반갑다. 잘살고 있지. 한 번 만나야 할 낀데. 술은 여전히 잘하나?"

그는 간간이 사투리를 쓰며 두서없이 한꺼번에 많은 것을 물어왔다.

"그렇죠 뭐."

잘살고 있다는 것인지, 술을 잘 마신다는 것인지. 신애는 그의 물음에 선뜻 대답을 못하고 얼버무렸다. 그새 아침 햇살은 이중 커튼의 틈새를 비집고 침대 위까지 올라와 있다. 신애는 매너모드로 전환한 휴대폰을 베개 밑에 묻고 머리끝까지 이불깃을 둘러썼다. 하지만 이미 달아난 잠을 불러들일 수는 없었다. 나쁜 자식! 신애는 자신도 모르게 욕이 튀어나왔다. 어디서부터 잘못 채워진 것일까?

성진우!

그를 만난 것은 입시전문학원에서 였다. 공통분모가 많다는 것이 두 사람이 급 가까워진 계기가 됐다. 같은 학교 같은 과에 적을 두었다는 것도, 수능시험에서 높은 점수를 받고도 재수생이란 꼬리표를 단 것도, 혈액형이 같다는 것도, 주종을 가리지 않고 마셔대는 주량까지도 서로 닮아 있었다. 한 살 위인 그를 신애는 형이라 부르며 따랐다.

언제부터인가 신애의 일상생활에 많은 부분을 성진우 그가 차지하고 있었다. 그러나 두 사람이 함께하는 시간이 많으면 많을수록 사랑이 깊어 가면 갈수록 성적은 하향곡선을 그렸다. 그해, 두 사람은 약속이나 한 듯 대학입학이란 관문을 통과하지 못하고 보기 좋게 미끄럼을 탔다. 실패는 성공의 지름길이라며 자신을 다독이던 전년도와는 달리 자존심의 바닥을 보인 신애는 대인기피증에 우울증까지 겹쳐 힘든 나날을 보냈다. 하향지원을 권하며 다독이는 가족들의 위로마저도 비수가 되어 꽂혔다. 결국 신애가 선택한 것은 입시전문학원의 수강증이 아니라 세상과의 이별을 고하는 천국행 티켓이었다. 불행인지 다행인지 성진우 그가 신애가 선택한 마지막 향연에 동참을 하겠다고 했다.

"널 혼자 보낼 수 없어."

커다란 눈에 그렁그렁 눈물을 매달고 그는 짧게 말했다. 사랑한다는 고백을 들을 때보다 더 가슴 떨리는 순간이었다. 두 사람 모두 후회라는 단어는 입에 올리지 않기로 했다. 초상집 같은 집안 분위기는 안중에도 없었다. 신애는 혼자가 아니라는 것에 위로 받으며 전에 없던 용기까지 생겼다. 두 사람의 의견이 모아지자 일은 생각보다 빠르게 진행되었다. 날짜와 장소 그리고 방법까지 모든 것을 그에게 맡기고 따르기로 했다. 신애는 마치 여행을 떠나는 사람처럼 들뜨기까지 했다. 하지만 굳이 D-day를 생일날에 맞출 필요까지 있었을까. 성진우 그로부터 생애 마지막이 될지도 모를 전화를 받은 것은 삼월 삼일, 신애의 스무 번째 생일날이었다.

"신애야. 생일 축하해! 형이 신애를 위해 준비한 선물이 있어.

다섯 시까지 시외버스터미널로 나와."

　수화기 너머로 차분한 그의 목소리가 들려왔다. 아무런 감정도 실리지 않았다. '드디어 올 것이 왔구나.' 신애는 자신의 심장 뛰는 소리를 들킬까 봐 서둘러 전화를 끊고 가방을 챙겨 들었다.

　그가 안내한 곳은 강이 내려다보이는 조용한 카페였다. 술잔을 들어 건배하는 그의 손이 조금 떨렸던가? 두 사람 모두 말을 아끼고 연거푸 술잔을 비워 댔다. 오가는 눈빛이, 술잔이 모든 것을 말해 주었다. 빈병이 빠른 속도로 늘어 갔다. 알코올의 힘을 빌려 신애가 먼저 침묵을 깼다.

　"형！ 나 지금 잘하고 있는 거죠?"

　"선택의 여지가 없잖아. 마지막을 너와 함께 보낼 수 있어 행복해. 그런 만큼 오늘 최고의 밤을 보내고 싶어. 세상 것 모두 벗어버리고 우리 홀가분하게 떠나자. 시험 없는 곳으로. 그럴 수 있지?"

　"그래요. 그럴게요. 나를 둘러싼 껍질을 모두 벗어던지고 싶어요. 인생이 시험지의 답처럼 그렇게 딱 떨어지는 것은 아니잖아요."

　"고마워. 그렇게 말해주니 용기가 생기네. 우리들의 마지막 향연을 위하여 건배！"

　그가 웃으며 소주잔을 들어 보였다. 어둠이 두 사람을 감싸 안았다. 세 번째 소주병이 바닥을 보일 때쯤 두 사람은 카페를 나왔다. 마지막 의식을 치르듯 스무 살의 전부를 내던지던 그 밤, 그리고 강물이 내려다보이는 바위 위에 섰을 때 신애는 조금 울었던가.

"스물 세기가 끝나는 동시에 뛰어내리는 거야."

왜 하필이면 셋도 아니고 다섯도 아닌 스물이었는지 신애는 묻지 않았다. 열일곱, 열여덟, 열아홉! 숫자를 세는 그의 목소리가 떨린다고 느끼는 순간 신애는 뛰어내렸다. 꼭 잡고 있던 그의 손이 풀린 것도 같고, 강물을 가르는 소리가 한 번으로 그친 것도 같고.

굳이 알려고 하지 않았다. 풍문으로 그가 캐나다로 유학을 떠났다는 소식을 들었을 때, 이미 신애의 마음은 성진우 그로부터 멀찌기 달아나 있었다.


토요일 오후 세 시 비행기. 그가 귀국한다는 전화를 받고부터 신애의 마음은 복잡해지기 시작했다. 열아홉에서 머물렀던 숫자세기가 마흔, 쉰, 여든까지 이어질 수 있을까.

신애는 '은혜원'으로 차를 몰았다. 일주일 만이라는 단서를 붙이고 준섭이와 함께 여행을 떠나고 싶다고 했다. 원장은 흔쾌히 신애의 부탁을 들어주었다. 준섭이는 한 달에 한 번, 자원봉사를 하기 위해 은혜원을 찾을 때 신애를 엄마라고 부르며 따르던 아이였다. 지능이 조금 떨어지긴 했지만 심각하게 입양을 고민했을 정도로 정이 많이 가는 아이였다. 아이에겐 많이 미안했지만 성진우! 그와의 끝나지 않은 게임을 위해 신애는 무리수를 두었다.

토요일 오후, 인천국제공항은 출입국자들로 북적댔다. 세 시가

넘어가면서 신애는 초조해지기 시작했다. 볼일도 없이 화장실을
들락거렸다. 도착했다는 그의 전화를 받은 것도 화장실에서였다.
준섭을 잡은 손에 힘이 들어갔다.

십사 년 만의 해후였다. 17번 게이트 한켠에 멀뚱히 서 있는 한
남자의 앞으로 신애는 준섭의 등을 밀었다. 너댓 걸음 뒤에 서 있
는 신애의 귀에 떠듬대는 준섭이의 목소리가 들려왔다.

"안녕하세요?"

"……"

"내 이름은 준섭에요. 성준섭. 열세 살에요."

준섭은 신애가 가르쳐 준 대로 실수 없이 잘해내고 있었다. 멀찌
기 서서 두 사람이 하는 양을 지켜보던 신애는 스물 언저리에서 끝
내지 못하고 미뤄두었던 숙제를 마무리 짓기 위해 천천히 성진우
앞으로 다가갔다.

"스무~울."

십사 년 만에 찍는 마침표였다.

# 그 여자

오후의 나른한 햇살이 여자의 정수리 위에 소리 없이 내려앉는
다. 비석에 기대어 그림같이 앉아 있는 여자! 벌써 두 시간째 붙박
이처럼 그 자리를 지키고 있다. 짐승처럼 울부짖던 통곡소리에 이
어 간간이 들려오던 넋두리가 그친 지도 오래다. 고개를 들어 하늘
바라기를 하던 여자는 현기증이 나는지 이내 고개를 떨군다. 손을
내밀어 가만히 잔디를 쓸어 보던 여자가 웃자란 들풀 몇 가닥을
뽑아 든다. 투정 반, 원망 반의 말꼬리가 이내 여자의 입가에 물린
다.

"제발 뭐라고 말 좀 해 봐! 그렇게 나 몰라라 누워 있지만 말고.
아무리 생각해 봐도 정말 이건 아냐. 당신! 만약에 실수로라도 천
당 비슷한 델 갔다면 지옥에 떨어뜨려 달라고 기도할 거야."

또다시 강도 높은 원망의 소리가 이어진다. 간헐적으로 쏟아내

는 넓두리가 병풍처럼 둘러진 초록능선 아래로 흩어진다. 여자는 눈물이 나는지 연신 손등으로 눈가를 훔친다. 그림자처럼 따라붙는 남편의 환영(幻影)을 놓치는 곳이 있다면 바로 무덤 앞에서일 것이다.

"이렇게 준비 없이 뒤통수를 맞을 줄 알았다면 내 쪽에서 먼저 카드를 뽑아들 걸 그랬어. 그랬다면 당신이 설계한 멋진 홈그라운드에서 마흔두 살에 레드카드를 받는 일은 일어나지 않았을지 모르잖아."

여자는 길게 한숨을 토해낸다.

아직도 남편의 부재를 믿을 수가 없다. 어느 날 갑자기 휘장막 안으로 사라진 남편, 지금이라도 금세 커튼콜을 받으며 화려하게 그 모습을 드러낼 것만 같다. 자꾸만 헛웃음이 나온다. 무슨 정신으로 오늘까지 버텨 왔을까. 미치지 않은 것이 이상할 정도로 위태로운 날들의 연속이었다. 정신과 의사의 도움을 받을 만큼 불면증에 시달렸다.

"요즘은 댓글 무서워 하나님도 감당할 수 있을 만큼의 시련만 준대. 혹시 모르잖니 나중에 네 남편에게 고맙다고 인사할 일이 생길지."

위로한답시고 한마디 거들던 친구에게 처음으로 입에 담지 못할 욕을 퍼부으며 절교를 선언했다. 여자의 입가에 슬몃 웃음이 번진다.

　문득문득 남편이 생각날 때면 여자는 미친 듯이 달려와 산소 앞에서 악을 쓰며 울다가 돌아가곤 했다. 홀로서기를 위해 몸부림쳤던 이 년여의 세월, 쉼 없이 돌아가는 세상에 자기 혼자 제자리걸음을 하고 있는 것만 같았다.

　"삼 년이 지나니까 조금 견딜 만하더라. 하고 많은 중에 닮을 게 없어 에미 팔자를 닮니?"

　서른아홉에 청상이 된 친정엄마가 땅이 꺼지게 한숨을 토해 내며 한 말이다. 그 말이 사실이라면 여자의 방황도 이제 끝이 보일 때가 됐다. 여자는 목이 타는지 연신 마른침을 삼킨다.

　"오늘이 증조할아버지 제사인 거 알지. 당신과 같은 날이야. 사실은 나 제사음식 만들다가 뛰쳐나왔어. 급하게 오다 보니 당신 좋아하는 술도 한 병 준비 못했네. 이것저것 챙길 경황이 없었어. 전을 부치는데 갑자기 화가 나더라고. 남편 제사는 그렇다 치고 얼굴도 모르는 조상 제사까지 지내야 하나 하고 말야. 서럽기도 하고 나 자신이 한심해서 견딜 수가 있어야지. 명절을 빼고도 일 년이면 여덟 번이나 모셔야 하는 제사, 제사라면 자다가도 경기를 하게 생겼는데 당신까지 한 몫 거들게 뭐람. 종손에 사대 독자인 당신이 빠졌는데 무슨 열부났다고 정성을 다하겠어. 당신이 곁에 있을 땐 그나마 투정이라도 했지.

　사실은 얼마 전에 이사 하면서 제기를 모두 없애 버렸어. 반 정신을 놓고 사는 내게 시댁의 제사가 무슨 의미가 있겠어. 이래저래

심란하더라고. 그런데 막상 제사 날짜가 다가오니까 맘이 편치 않
았어. 나도 그동안 할 만큼 했거든. 그리고 다른 사람이면 몰라도
당신은 나한테 따질 자격 없잖아. 말이 안 되게 만든 건 바로 당신
이야. 문중이나 조상을 위하는 일이라면 해외근무 중에도 달려왔
던 당신, 그날도 증조할아버지 제사 지내고 눈도 못 붙인 상태에서
지방 출장 간다고 새벽에 나섰다가 사고를 당했잖아. 도와주지는
못할망정 젊디젊은 종손을 그렇게 일찍 데려갈 게 뭐야. 정성을 생
각해서라도 그런 끔찍한 일은 당하지 않게 해줬어야지. 안 그래?
김씨 집안에 든든한 대들보라며 인물 났다고 자랑할 땐 언제고.
그곳에서도 당신이 필요했던 모양이지. 아님 얼굴도 잘 기억나지
않는다는 당신 어머니의 질투가 우리 두 사람을 갈라놓았거나. 암
튼 제삿날만 돌아오면 난 매번 생으로 앓는다니까.”
　여자는 마치 남편이 곁에 있기라도 한 양 넋두리를 늘어놓았다.
　“지나고 보니 내가 세상물정을 몰라도 너무 몰랐어. 당신도 기억
나지? 처음 당신을 소개하던 날. 종갓집 장손에 외아들이라고 하
니까 더 볼 것도 없다는 듯 손사래를 치며 휑 하니 밖으로 나가시
던 엄마의 모습 말야. 종부노릇은 아무나 하는 게 아니라고. 큰일
치를 때마다 손님 치다꺼리에 넌덜머리가 난다며 그렇게도 말리셨
는데. 하긴 팔 남매의 맏며느리셨으니 오죽했겠어. 집안의 대소사
는 제쳐 놓고라도 한 달에 한 번 꼴로 다가오는 제사 때문에 엄마
는 허리 펼 날이 없으셨지. 제사가 두 번이나 든 달도 있었거든.

오죽하면 장남에게 시집간다는 처녀 있으면 도시락 싸가지고 다니
며 말리겠다고 하셨을까. 괜한 잔소리로 여겨 귓등으로 흘려듣던
그 말이 이즘에야 이해가 돼. 엄마가 왜 그렇게 반대를 하셨는지.
그때, 엄마 말을 귀담아 들었더라면 이렇게 우중충한 색으로 내 인
생을 도배하는 일은 없었겠지. 최소한 제사음식을 준비하다 말고
뛰쳐나와 남편 무덤 앞에서 궁상떨며 눈물 짜는 일은 없었을 것
아냐. 어쩌면 우리 명은이가 커서 결혼할 때쯤, 난 토씨 하나 안
틀리고 엄마와 똑같이 그 말을 할지도 몰라. 이런 것을 두고 흉보
면서 닮는다고 하는 것인가 봐. 한 치 앞을 모르는 것이 인생살이
라고 하더니 그 말이 하나도 틀리지 않는 것 같애.

　아참! 얼마 전에 나 이사했어. 한 달 조금 넘었나. 그런데 이사
날짜가 우리 결혼기념일과 같은 날이었어. 기분이 좀 묘했어. 생일
이랑 결혼기념일은 꼭 챙기던 당신이었잖아. 깜짝 파티 같은 것은
이제 꿈속에서나 가능하겠지? 나를 위한 이벤트를 열 때마다 쓸
데없는 낭비라며 투덜대곤 했었는데. 이렇게 일찍 파티가 끝날 줄
알았으면 그냥 기분 좋게 즐길 걸 그랬어. 선심 쓰듯 텅 빈 지갑을
채워 주며 생색을 내곤 했었는데, 이젠 그런 폼 나는 서비스도 할
수가 없잖아. 그날 출장 간다고 했을 때, 잔소리 대신 지갑이나 두
둑이 채워 주는 건데 그랬어.

　이사 오면서 버리려고 했다가 도로 들여놓은 물건들이 많아. 새
집에서 새 기분으로 다시 시작하자고 그렇게 마음먹었는데 생각처

럼 쉽지 않았어. 사실은 그동안 당신이 쓰던 손수건, 볼펜 한 자루까지 하나도 버리지 못하고 그대로 보관하고 있었거든. 장롱 문을 열면 지금도 당신 옷이 그대로 걸려 있어. 계절이 바뀔 때마다 꺼내 다림질도 해두고 멀쩡한 단추를 새것으로 바꿔 달기도 해. 세면장엔 면도기와 칫솔이, 그리고 당신이 즐겨 신던 밤색 구두랑 여름 샌들도 신발장 한구석을 차지하고 있고. 엄만 그런 나를 보며 성화를 대곤 해. 제발 궁상 좀 그만 떨라고.

몇 번 시도해 봤어. 가고 없는 사람, 임자 없는 물건일랑 없애 버리자고. 그런데 단추 하나 떼지 못하겠더라고. 겁이 나더라. 드라마나 영화에서처럼 안주머니에서 다른 여자와 함께 찍은 사진이나 메모지가 나오면 어쩌나 하고 말이야. 우습지. 나도 잘 모르겠어. 잠 안 오는 밤이면 당신과 나, 과거와 현재를 넘나들며 펜 끝 하나 움직이지 않고 쓴 시나리오가 여럿 돼. 어느 땐 연민으로, 또 다른 날엔 복수심으로 날밤을 새곤 했어. 남편 없이 혼자 산다는 거, 그거 너무 너무 복잡하고 어렵더라. 내 안의 두 마음이 갈기를 세우는 날이면 하루에도 몇 번씩 천당과 지옥을 왔다 갔다 해. 가끔은 속옷을 꺼내 냄새를 맡아 보기도 하는데 그런 날은 미치도록 당신의 살 냄새가 그리운 날이야. 언제까지 당신 환영에 붙들려 헤매고 있을지 모르겠어. 이제 서서히 당신과 함께 했던 묵은 추억들을 기억 속에서 밀어내야겠지? 지우고 싶어도 지워지지 않는 기억까지야 어쩔 수 없겠지만.

　이사하면서 아버님과 한 지붕 동거도 끝을 보았어. 혼자된 젊은 며느리와 홀시아버지가 한집에 산다는 건 누가 봐도 그림이 좋지 않아. 명은이도 불편해 하고. 언젠가 울면서 내게 전화를 했더라고. 머리가 너무 아파서 조퇴를 하고 왔는데 할아버지를 보고 기절할 뻔했다는 거야. 파자마 차림으로 소파에 누워 계셨는데 가랑이 사이로 시커먼 게 보이더라나. 애가 얼마나 놀랐겠어. 한창 예민한 사춘기 여고생인데. 그날 이후 엄마가 없는 집에 할아버지와 단둘이 있는 것이 죽기보다 싫대. 고2이면 죽어라 공부만 해도 모자랄텐데 엉뚱한 쪽에 신경이 날카로워 있으니 걱정이야. 난 또 어떻고. 밤늦게 샤워를 할 때면 신경이 쓰여 물소리도 크게 못 낸다니까. 당신이 있을 때는 몰랐는데 불편한 게 한두 가지가 아니야. 홀시아버지를 모신다는 게 보통 어려운 일이 아니더라고.

　아버님은 아버님 나름대로 힘드시겠지. 서운하기도 하고. 왜 아니겠어. 늘그막에 며느리 눈칫밥 먹는 것도 모자라서 이제는 딸한테 얹혀살게 됐으니. 아버님 팔자도 참 그렇다. 박복하다고 해야하나. 젊어서 아내 잃고 재혼도 안 하고 삼남매를 키웠는데, 어쩌다 하늘같이 의지하던 아들까지 앞세웠으니 그 속이 오죽하시겠어. 큰딸은 호주에 살면서 가뭄에 콩 나듯 한 번씩 다녀가고, 막내딸은 마흔이 다 되도록 시집갈 생각도 안 하니. 혼자 늙어가는 딸을 보면 아버님 말씀대로 복장이 터지겠지. 당신의 처지가 그래서인지 부쩍 말수가 적어지셨어. 나도 사람인데 인정으로야 어쩌겠어. 차마 말을 못하고 날짜만 보내다가 이사하기 일주일 전에야 아가씨한테 전화했어. 모셔가라고. 아버님과는 성격이 안 맞는다며 거절하는 것을 나도 더 이상은 힘들다고 사정하다시피 했지. 처음에는 어떻게 그럴 수 있냐고 펄펄 뛰더라고. 하지만 어쩌겠어.

당신 떠나고 감당키 어려울 만큼 속상한 일도 많았어. 말도 안 되는 소문이 돌더라고. 글쎄, 말 섞기 좋아하는 동네 여자들이 남편 잃은 나를 도마 위에 올려 놓고 삼류 멜로드라마를 쓰고 있더라니까. 본시 소문은 본인만 모른다잖아. 나중에서야 알게 됐는데 그 일로 한동안 대인기피증에 우울증까지 겹쳤어. 왜 있잖아. 삼류소설에서나 나옴직한 뻔한 스토리. '여자의 숨겨놓은 남자, 부부싸움 끝 홧김에 남편 충동자살'. 당신이 교통사고를 가장해 자살을 한 것이라나 뭐라나. 그 헛소문이 의정부 고모 귀에까지 들어갔나 봐. 누군 누구겠어. 아버님 입을 통해서겠지. 지난봄 할머니 제사 때 와서 뭐랬는 줄 알아. 여자 하나 잘못 들어오는 바람에 김씨 집안이 이 모양이 됐대. 어이가 없어서 내가 한마디 했더니 해서는 안 될 막말까지 하더라고. 날 보고 남편 잡아먹은 년이래. 여자가 음기가 세서 남자가 하는 일마다 되는 일이 없다고. 노인네가 생각 없이 내뱉은 말이겠지 하며 아무리 이해를 하려고 해도 그건 윗사람의 입에서 나올 수 있는 말이 아니더라고. 어머님이 일찍 돌아가신 건 누구 탓이냐고 따지려다 꾹 참았어. 너무 기가 막혀서 눈물도 안 나오더라니까. 그날 이후 두 번 다시 제사상을 차리는 일은 없을 거라고 독을 품었어. 정나미가 떨어지는 거 있지. 김씨 일가들과 거리를 둬야겠다고 생각한 것도, 이사를 생각한 것도 아마 그때부터였지 싶어.

나라고 왜 고민이 없었겠어. 십칠 년이란 세월은 미움도 끌어안을 세월이잖아. 아가씨한테 모셔가겠다는 확답을 듣고 나서 아버님께 자초지종을 말씀드렸더니 '알았다' 한마디 하시고는 이렇다 저렇다 말씀이 없으시대. 아무리 그래도 이사 가는 곳이 어딘지는 물어봐야 하는 것 아냐. 내 휴대폰 번호는 알고 계실 테고, 명은이 보고 싶으면 언제든지 오시라고 현관문 비밀번호를 가르쳐 드렸어. 하긴 워낙 자존심이 강한 분이니 발걸음을 하실지 모르겠네. 며느리가 자신을 내쳤다고 생각할지도 모르잖아. 의정부 고모와 그런 일만 없었다면 이렇게까지 나 몰라라 하지는 않았을 거야. 명은이를 생각해서라도 김가네 종부로서의 역할을 다하려고 노력했겠지. 그렇지만 이젠 아냐. 정말 아냐."

여자는 몇 번이고 도리질을 해댄다. 정수리에 머물렀던 해는 어느 새 긴 그림자를 만들며 서쪽으로 기울어 있다. 봉분을 향해 있던 여자의 시선이 툭 떨어지는가 싶더니 바람처럼 나타난 자그마한 그림자 위에 꽂힌다. 초점 잃은 시선이 작은 그림자를 따라 움직인다.

"아줌만 누구세요. 여긴 우리 아빠가 잠자고 있는 지하궁전인데. 우리 엄마가 그랬거든요."

"……"

　손가락 하나 까딱할 수 없어 여자는 눈만 슴벅인다. 딸랑딸랑, 여자의 귀에 방울소리가 들린다. 점점 크게 점점 작게. 초점이 맞지 않은 앵글에 또 하나의 긴 그림자가 잡힌다. 느린 걸음으로 아이를 향해 걸어오는 젊은 여자! 착시 현상이라고 하기엔 너무도 또렷하다. 여자는 비석에 기댄 채 두 사람이 하는 양을 물끄러미 바라본다. 젊은 여자의 흔들림 없는 침착한 행동이 여자를 당황케 한다. 순간 여자의 눈이 화등잔만 해진다. 심장 뛰는 소리가 또 한 여자의 가쁜 숨소리에 묻힌다. 두 여자의 시선이 엉킨다. 먼저 시선을 거둔 것은 아이의 엄마였다.
　"아이가 아빠에게 절을 올릴 수 있게 해주세요."
　발작적인 여자의 웃음소리가 묘소 주변으로 흩어진다.

# 공짜는 없다

남편 퇴근시간이 다가오자 선영은 마음이 바빠졌다. 하는 일 없이 빈둥대다 다 저녁때가 되어서야 동동거리고 있다. 조용하던 집안이 갑자기 세탁기와 청소기에서 내뿜는 소음으로 소란스럽다. 전화기마저 소음을 보탠다. 송수화기 너머의 낯익은 목소리는 바로 남편이었다.

"오늘 좀 늦을 거야. 회식이 있어서."

"알았어요. 술 많이 마시지……."

현관문 열리는 소리에 돌아보니 아들 지훈이가 씩씩대며 들어서고 있었다. 양손엔 딱지가 들려있다. 유치원에서 딱지 접기를 배운 뒤로는 좋아하던 컴퓨터 게임도 뒤로 하고 딱지치기에 정신이 팔려 있다. 아이들 놀이도 유행을 타는 것인지, 요즘 아파트 내에서는 저학년 중심으로 딱지치기 붐이 일고 있었다. 그러다 보니 종

이만 보면 딱지를 접어대는 아들 때문에 신문이나 광고지가 남아
나질 않았다. 선영은 수화기를 든 채 턱으로 화장실을 가리키며 씻
으라는 시늉을 해 보였다. 쭈뼛대던 아이는 주머니에서 뭔가를 꺼
내 선영의 코앞으로 들이밀었다. 순간 선영의 눈이 화등잔만 해졌
다. 몇 번을 접고 접은 만 원권 지폐였다.

놀이터에서 돌아오는 길에 107동 앞에서 주운 것이라고 했다. 아
들의 말을 믿었지만 정작 고민이 된 것은 돈의 처리문제였다. 장한
일이라도 한 듯 의기양양해 있는 아들의 모습을 보자 쉽게 결정을
내릴 수가 없었다.

"지훈아! 이 돈 경비실 아저씨한테 맡기자. 주인 찾아주라고.
그게 좋겠지?"

"알았어요. 나도 엄마와 같은 생각에요."

횡재를 한 양 돈을 내밀 때와는 달리 아이는 쉽게 포기하고 돌아
섰다.

처음부터 주인을 찾아줄 생각은 없었다. 하지만 아이 앞에서 엄
마의 속내를 드러낼 수는 없었다. 그런데 시간이 지날수록 자꾸만
신경이 쓰였다. 낡은 돈의 모양새처럼 자신의 양심도 낡고 구겨지
는 것만 같았다. 그렇다고 아파트 게시판에 분실물 습득 광고 글을
붙이거나 방송을 하는 번거로움을 자초하고 싶지도 않았다.

빨래를 널던 선영은 결국 수화기를 찾아 들었다. 문득, 주운 돈
은 몸에 지니는 것이 아니라는 말이 생각났기 때문이었다. 아이가

좋아하는 치킨을 주문했다. 아들에게 선심이나 쓰고 보자는 심산이었다. 남편의 늦은 귀가가 조금은 고맙게 느껴졌다. 그러나 그것도 잠시, 선영은 비명소리와 함께 주저앉았다. 식탁을 정리하다 찻상이 떨어지면서 오른쪽 엄지발가락을 다쳤다.

"엄마! 괜찮아요. 병원에 안 가도 돼요?"

거실 소파에 앉아 TV에 눈을 맞추고 있던 아이가 놀라서 달려왔다.

"약상자 좀 가져다 줄래."

선영은 피가 흐르는 발가락을 움켜쥔 채 다급하게 소리쳤다. 그러나 아무리 약상자를 뒤져 봐도 거즈나 일회용 밴드는 보이지 않았다. 아이가 약국엘 다녀오겠다고 했다. 현관문을 나서는 아이의 손엔 여전히 딱지가 들려있다.

벌을 받은 것일까. 남들은 수억 원을 꿀꺽 하고도 잘만 살아가던데. 주운 돈 만 원짜리 한 장에 이처럼 신경이 쓰이다니…… 선영은 쓴웃음이 절로 나왔다. 피는 금세 멎었지만 시간이 지나면서 검지발가락까지 욱신거렸다.

아파트 상가에 있는 약국을 대여섯 번은 오갔을 시간이 지나서야 아이는 시무룩한 표정으로 돌아왔다. 현관문을 나설 때의 씩씩했던 모습은 찾아볼 수가 없었다. 그러고 보니 나갈 때 손에 들렸던 딱지가 보이지 않았다.

"에이! 그 형아 나빴어. 내 딱지 다 따먹구. 순 엉터리야."

"사내자식이 딱지 몇 개 가지고 왜 그래. 이길 때도 있고, 질 때도 있는 거지. 딱지는 또 접으면 되잖아."

좀처럼 풀어질 것 같지 않던 아이가 웃음을 되찾은 건 주문한 치킨이 배달되고 나서였다. 아이는 치킨을 보자 엄마의 아픈 발은 안중에도 없는 것 같았다. 치킨 조각을 뜯으며 재잘대는 아들을 보자 선영의 마음도 조금은 가벼워졌다.

남편이 퇴근해 돌아온 것은 열한 시가 넘어서였다. 남편은 연신 아들의 이름을 불러댔다.

"지훈아! 오늘 재밌게 놀았어. 초콜릿 선물도 아빠 몫까지 받았겠지?"

"선물이라니, 그게 무슨 소리에요?"

"무슨 소리라니. 화장대 위에 있는 수표 못 봤어?"

"수표라니! 뚱딴지같이 수표는 무슨, 술 많이 했나 본데 어서 씻고 잠이나 자요."

"정말 시치미 뗄 거야. 아침에 화장대 위에 십만 원짜리 수표 한 장 올려놓고 갔어. 오늘이 발렌타인데이잖아."

그러나 수표는 어디에도 없었다. 화장대 위아래를 샅샅이 뒤져봐도 비슷한 종이조각 하나 발견되지 않았다. 남편이 출근하고 난 뒤 TV를 보다가 깜빡 잠이 들었었는데……. 생각이 거기에 미치자 선영은 한걸음에 아들 방으로 달려갔다.

"지훈아! 지훈아! 일어나 봐. 너 혹시 안방 화장대 위에 있던 수표! 아니 하얀 종이 못 봤니?"

"아이! 졸려 죽겠는데."

"일어나 봐. 너 정말 하얀 종이돈 못 봤어?"

아이는 그제야 눈을 비비고 일어나 앉았다. 선영은 손으로 수표의 크기를 그려가며 아이를 다그쳤다. 멍하니 선영의 하는 양을 바라보던 아이는 별일 아니라는 듯

"아! 그거 내가 딱지 접었는데요."

선영은 자신도 모르게 아들의 등짝을 후려쳤다.

"그 딱지 어디다 뒀어? 어딨냐구!"

아이는 그제야 사태의 심각성을 짐작했는지 겁먹은 얼굴을 했다.

"아까 그 형이 따먹었어요."

"그 형! 몇 동 몇 호에 사는데?"

선영은 숨 넘어 가는 소리로 아들을 다그쳤다.

"그건 나도 잘 몰라요."

"얼굴 보면 알아보겠어?"

아이는 힘없이 고개를 좌우로 흔들어댔다. 선영은 맥이 탁 풀렸다. 겁먹은 아들의 표정을 보자 더 이상 야단을 칠 수도 없었다. 선영은 자꾸만 헛웃음이 나왔다.

치킨 100,000원. 볼펜을 쥔 오른손이 가늘게 떨린다. 가계부 지출란에 적힌 숫자가 갑자기 출렁인다.

# 영수증

한 해의 끄트머리, 달랑 한 장 남은 12월 달력엔 유난히 동그라미가 많이 그려져 있다. 동생 생일, 아버님 제사, 송년 모임 등이 있고 겹동그라미가 그려져 있는 13일은 소영의 생일이다.

어젯밤 부부 싸움이 새벽 3시까지 이어지면서 잠을 설친 소영은 남편이 출근하자마자 이불을 뒤집어쓰고 누웠다. 생각할수록 분하고 억울했다. 무엇보다도 이번 기회에 걸핏하면 자존심을 건드리는 504호 새댁의 코를 납작하게 해주고자 했던 계획이 수포로 돌아가자 더 속이 상해 견딜 수가 없었다.

"어휴! 이럴 줄 알았으면 자랑이나 하지 말걸."

머리가 지끈지끈 아파왔다. 그 여우같은 새댁에게는 뭐라고 둘러대지. 며칠 전 보아 두었던 최신형 오디오 위로 얄밉게 비웃는 새댁의 모습이 겹쳐졌다.

오디오를 하나 장만해야 할 것 같아 매장을 둘러보면서 같이 간 새댁에게는 남편이 생일 선물로 사주는 것이라며 자랑을 했었다.

집안에 크고 작은 일이 있을 때마다 '당신이 알아서 해.' 하던 남편은 어젯밤 소영의 애교작전에도 불구하고 한마디로 안 된다고 했다. 며칠 전부터 계획하고 최대의 효과를 기대하며 생일 전날 오케이 사인만을 기다렸는데 오늘따라 분위기 파악도 못하는 남편이 야속하기만 했다. 겹동그라미까지 그려가며 서른세 살의 생일을 은근히 기대했었는데, 남편은 기억이나 하고 있는지 모르겠다.

"내 복에 생일 선물은 무슨 얼어죽을."

누워서 잠을 청하려던 소영은 왈칵 서러움이 밀려왔다.

오후가 되면서 함박눈이 내리기 시작했다. 여느 때 같으면 벌써 전화가 몇 번이나 오갔을 것이다. 소영은 식사도 거른 채 침대 모서리에 앉아 이제나저제나 하며 죄 없는 전화기만 노려보았다.

7시면 칼 퇴근을 하던 남편은 오늘따라 밤 10시가 넘어서 돌아왔다. 토라져 있는 소영은 안중에도 없다는 듯 사들고 온 맥주를 식탁 위에 꺼내 놓으며 콧노래까지 흥얼거렸다.

"어제 일은 정말 미안해. 마음 풀고 한 잔 하자구!"

거품이 넘치는 술잔을 들어 먼저 쭈욱 들이켜는 남편을 보자 소영은 조금 가라앉았던 화가 다시 치밀어 올랐다. '분위기 파악 못하고 멋없기로는 신혼 첫날밤이나 지금이나 변한 것이 하나도 없다니까.’ 두 잔째 따른 맥주잔을 들어 보이며 남편은 소영에게 건배를 제의했다.

“난 됐으니까 당신이나 실컷 마셔요.”

“왜 그래?”

“왜는! 마시기 싫으니까 그렇지!”

“뭐야! 당신 무슨 불만이 그렇게 많아. 엉?”

남편의 음성이 갑자기 높아졌다. 순간 움찔했지만 소영도 지지 않고 큰소리로 대꾸했다.

“왜 그런지 정말 몰라서 그래요?”

이번만큼은 절대 물러설 수 없다는 각오로 소영은 남편의 말에 꼬박꼬박 말대꾸를 하며 대들었다. 어느 한쪽도 양보할 수 없다는 듯 치고 빠지기, 묵은 기억 되살려 물고 늘어지기, 자존심 건드리기 등 부부싸움의 온갖 전법이 다 동원되었다. 약간의 틈이 보이자 소영은 재빨리 마지막 카드를 꺼내보였다.

“내가 지금까지 어떻게 살았는데 당신 나한테 이럴 수 있어?”

확실한 승리를 장담하며 눈물까지 보였다. 눈물작전에는 어쩔 수 없었는지 남편은 주섬주섬 옷을 챙겨 입었다. 그리고는 소영이 말릴 새도 없이 휑하니 밖으로 나가 버리는 것이었다. 부부싸움의 승자가 된 기쁨도 잠시 더럭 겁이 났다. 코트를 걸친 소영은 맨발에 슬리퍼 차림으로 4층에서 1층까지 두 계단씩 뛰어 내리며 남편의 뒤를 따라 갔다. 쌓인 눈 위로 발자국을 만들며 앞서가는 남편을 놓칠세라 부지런히 걷다 보니 서운했던 마음은 사라지고 쫓아가 팔짱이라도 끼고 싶었다.

"나랑 얘기 좀 해요."

그러나 생각과 달리 목에서는 쉿소리가 났다. 이번엔 소영이 먼저 앞장서 약수터 쪽으로 발걸음을 옮겼다. 학교 담장을 끼고 얼마쯤 올라가자 뒤따르던 남편이 먼저 침묵을 깼다.

"그만 올라가고 여기서 얘기하지."

"조금 더 올라가요."

사실 약수터는 불량배들이 많아 낮에도 올라가기를 꺼리던 곳이었다. 그런데 남편이 곁에 있어서 그랬는지 용기가 생겼다. 그런 소영의 마음을 읽기라도 한 것일까. 그 말이 떨어지기가 무섭게 남편은 소영을 담 쪽으로 몰아부치며 옴짝달싹 못하게 두 팔로 안듯이 가두어 버렸다.

"나쁜 자식!"

순간 소영은 자신도 모르게 욕이 튀어 나왔다.

"그래 난 나쁜 놈이야."

주먹이 날아올 것이라며 피할 준비를 하던 소영은 욕을 할 때보다 더 깜짝 놀랐다. 남편은 그새 많이 누그러져 언제 싸웠냐는 듯이 웃고 있었다.

"바보 멍청이 같은 놈!"

"그래 난 바보 멍청이야."

입이 얼어서 발음도 정확하지 않았다. 내친김에 욕이나 실컷 해야겠다고 생각한 소영은 마구 욕을 해댔다. 속이 시원했다. 그러나 그것도 잠시, 정신없이 욕을 퍼붓고 있는데 경찰차가 경광등을 번쩍이며 서서히 올라오고 있었다. 담에 기대어 남편의 두 팔 안에 갇힌 소영은 불륜의 현장을 들킨 유부녀처럼 발을 동동 굴렀다.

“어떡해. 난 몰라!”

당황하던 남편은 괜찮아 하더니 갑자기 입술을 덮쳐왔다. 정말 눈 깜빡할 사이의 일이었다. 살짝 눈을 뜨고 보니 남편의 머리와 어깨 위에 눈이 하얗게 쌓여 있었다. 가로등 불빛을 받으며 쏟아져 내리는 함박눈이 마치 하늘에서 쏟아지는 꽃잎 같았다. 그런데 분위기 파악 못한 방광 신경줄에서 신호가 왔다.

“자기야! 나 급해.”

소영은 두 다리를 비비 꼬며 숨넘어가는 시늉을 했다.

한껏 분위기를 잡고 있던 남편은 음흉한 표정을 지으며 씨익 웃었다.

“그래! 알았어, 알았다니까. 빨리 가자고.”

현관문을 열자마자 침실로 끄는 남편의 손을 뿌리치고 소영은 화장실로 뛰어 들어 갔다.

“급한 게 그거였어? 사람 참……”

무안한 듯 남편은 두 손으로 쓰윽 얼굴을 훑어 내리며 입맛을 다셨다. 그리고는 빼꼼히 열린 화장실 문틈으로 무언가를 들이밀었다. 접혀진 부분이 낡아 해진 꾸깃꾸깃한 영수증이었다.

"오늘 너무 늦어서 못 찾았어. 특별히 부탁해서 만든 거라구. 거기에 잔소리 안 하는 약을 한 가지 더 첨가해 달랬는데 효과가 있을지 모르겠네. 내 생각에 오디오보다는 보약이 더 좋을 것 같아서. 오디오는 다음에 사기로 하자. 늦었지만 생일 축하해!"

구겨진 영수증 위에 쓰여진 '성수 흑염소'란 글자가 부옇게 흐려져 갔다.

# 어떤 오해

늦은 아침식사를 마치고 조간신문을 뒤적이던 이정은 가슴이 철렁 내려앉았다. 갑자기 신문의 글자가 출렁이면서 어지럼증까지 일었다. '암 초기에 잡자'라는 기사를 읽어 내려가던 중, 위암에 걸렸을 때 나타나는 증세가 자신의 그것과 비슷했기 때문이었다.

요즘 들어 이상하게 소화가 잘 안 되고 속이 더부룩했다. 밀려오는 메스꺼움 때문에 가끔은 헛구역질까지 해댔다. 5개월 된 둘째 아이가 없었다면 임신이라고 생각할 만큼 입덧과 그 증상이 비슷했다. 신경이 쓰이기는 했지만 소화불량이거나 신경성 위염쯤으로 생각했다. 병원에 갈 정도로 통증이 있는 것도 아니어서 속이 메스껍거나 소화 장애가 나타날 때면, 콜라를 마시거나 누룽지를 끓여 먹으며 속을 달랬다. 그런데 신문을 읽다 보니 위암에 걸렸을 때

나타나는 신체적 이상반응이 자신의 증세와 너무도 많이 닮아 있
지 않은가. 더구나 증상이 나타날 때쯤이면 이미 병이 많이 진행된
상태라고 했다. 이정은 불안했다.

"설마! 아닐 거야."

하지만 한 번 커지기 시작한 의심은 상상을 키우며 머릿속을 헤
집고 다녔다. 부산지사에서 근무 중인 남편이 영문도 모른 채 달려
온 것은 이틀 후였다. 자초지종을 전해들은 남편은 어이없어 했다.

"암은 아무나 걸리는 줄 알아. 설마하니 내게 두 번 장가가는 행
운이 따라 주겠어. 걱정 마. 나보다 십 년은 더 살 테니. 두고 보라
고."

별일 아니라는 듯 남편은 농담까지 섞어 가며 이정의 불편한 심
기를 건드렸다. 이정은 그런 남편이 야속하기만 했다. 최악의 상태
까지 상상하며 고민했었는데 남편의 무관심에 그만 눈물이 핑 돌
았다. 이정은 아무 말없이 남편의 얼굴을 뚫어져라 바라보았다. 그
제야 아내의 서운해 하는 표정을 읽었는지 남편은 말 나온 김에
검사나 한 번 받아 보자며 이정의 등을 떠밀었다.


휴일 다음 날이라서 그런지 병원은 많은 사람들로 북적댔다. 접
수를 마치고 대기실 의자에 앉아 차례를 기다리는 이정의 마음은
착잡하기만 했다. 한참을 기다린 끝에 차례가 되어 의사 앞에 앉을
수 있었다.

"어디가 어떻게 아파서 오셨나요?"

형식적인 의사의 질문에 이정은 필요 이상으로 상세하게 대답했다.

"어디 한 번 봅시다."

의사의 검진이 시작되었다. 5분이 채 안 되는 진료시간이 한없이 길게만 느껴졌다. 청진기를 거두며 의사는 고개를 갸우뚱했다.

"혹시 임신한 것 아니에요."

이정은 어이가 없었다. 의사의 말 한마디, 표정 하나 놓치지 않으며 긴장했는데 이 무슨 맥 빠지는 소리인가. 이정은 가슴 위까지 올려진 티셔츠를 끌어내리며 자신 있게 말했다.

"선생님! 5개월 된 젖먹이 아이가 있는 걸요. 출산 후 아직 생리도 없구요. 무엇보다 남편이 8개월 전에 정관수술을 했어요. 임신이라니 말도 안 돼요."

정관수술이란 단어에 힘주어 말하며 이정은 재빨리 침대에서 내려왔다.

"수술은 잘못되었을 수도 있고, 출산 직후 무 월경 상태에서 임신을 하는 사례도 가끔 있어요."

의사는 대기실에 환자들이 밀려 있는 것을 아는지 모르는지 느릿느릿 말꼬리를 이어갔다. 소변검사를 해보자고 했다. 이정은 괜한 헛수고 말라고 쏘아주고 싶었지만 꾹 참고 간호사가 내미는 종이컵을 받아 들고 화장실로 향했다.

"양성 반응이 나오네요. 더 정확한 진단을 위해 산부인과에 가서 초음파 검사를 받아 보세요."

조금 전까지 의사의 오진일 거라며 자신만만했던 이정은 어떻게 내과를 나왔는지 모를 만큼 혼란스러웠다. 곧바로 남편과 함께 산부인과로 향했다.

결과는 마찬가지였다. 초음파를 통해 태아의 심장박동 소리를 듣는 순간, 이정은 더 이상 의심하지 않기로 했다. 여의사는 노산인 만큼 산전 건강관리에 신경 쓰라며 주위를 주었다. 이정은 태아의 심장박동보다 더 크게 들리는 자신의 심장 소리를 들으며 진료실을 나왔다.

이정은 더 미룰 것도 없다는 생각에 남편을 앞세우고 곧바로 비뇨기과로 갔다. 위암일지 몰라 전전긍긍했는데 그보다 더 무서운 의심덩어리가 두 사람 앞에 놓일 줄이야. 남편으로 하여금 의심을 키우게 할 수는 없었다.

검진이 끝나고 검사 결과가 나오기까지는 30분을 더 기다려야 했다. 반신반의하며 애써 태연한 척하던 남편은 시간이 지나면서 점점 표정이 굳어 갔다. 연신 흡연실을 들락거렸다. 대기실 의자에 앉아 있는 이정도 착잡하기는 마찬가지였다.

"문제가 뭘까? 난 뭐가 뭔지, 어디서부터 잘못되었는지 통 모르겠어?"

"자기가 모르면 누가 알아."

남편은 미간에 여덟팔자를 그리며 퉁명스럽게 대답했다.

"아니 그럼, 지금 날 의심하는 거야 당신?"

"……."

팔짱을 낀 채, 고개를 외로 꼬고 앉아 한숨을 내쉬는 남편을 보자 이정은 어이가 없었다. 생각대로라면 멱살이라도 잡고 싶었다.

남편의 행동이 이해가 안 되는 것은 아니었다. 정관수술까지 받았는데 난데없는 아내의 임신 소식에 혼란이 오는 것도 무리는 아니지 싶었다. 더구나 지방근무로 인해 한 달에 한두 번 만나는 것이 고작인 남편으로서는 충분히 그럴 수 있다고 생각했다. 하지만 백 번 이해를 한다고 해도 서운한 것은 어쩔 수가 없었다. 남편의 심각한 얼굴을 보자 이정은 어떤 오기 같은 것이 생겼다. 그래서 결심했다. 검사 결과에 관계없이 아이를 낳아야겠다고. 아이를 낳아 유전자 검사라도 해서 자신의 결백을 증명해 보여야겠다고.

검사 결과를 기다리는 동안, 이정은 죄인 아닌 죄인이 되었다. 불치병에 걸렸다면 남편을 붙잡고 신세 한탄이라도 하겠지만, 부정한 여자로 오해를 받고 보니 당장은 꼬리를 내리는 수밖에 없었다.

자식 욕심이 없는 남편은 아내의 노산(老産)과 경제적인 이유를 들어 불임수술을 했다. 둘째 아이를 낳기도 전에 정관수술을 받은 것도 그 때문이었다. 그런데 무엇이 잘못된 것일까. 혹시 잠든 사이 강간이라도? 시간이 지날수록 이정의 머릿속은 수세미처럼 엉켜 들었다. 머리가 지끈지끈 아파 왔다.

남편 이름이 호명되자 이정도 따라 들어갔다. 불안해 하는 남편과 달리 이정은 애써 담담한 척했다.

"정충이 검출되었어요. 아주 드문 일이긴 한데, 백 명에 한 명 꼴로 절단한 부위가 체질적으로 다시 붙는 사람이 있거든요. 영구 불임을 원하시면 재수술을 받으셔야 하는데 괜찮으시겠어요?"

"……."

"그런데 이런 경우 남편이 재수술을 한다 해도 백 프로 성공을 장담할 수 없습니다. 부인이 난관수술을 하는 것이 훨씬 안전할 것 같습니다. 두 분이 잘 상의하셔서 결정하세요."

의사는 중절수술을 염두에 두고 의견을 물어왔다. 이정은 더 이상 의사의 말이 귀에 들어오지 않았다. 주사 맞는 것도 무서워하는 겁쟁이가 아닌가. 수술이라니! 생각만 해도 끔찍했다. 백 명에 한 명 꼴이라는 확률에 하필이면 남편이……. 남들은 한 번도 꺼려하는 수술 아닌가. 더구나 재수술을 한다고 해도 성공을 장담할 수도 없는 상황이었다. 잠시 침묵이 흘렀다. 이정은 남편을, 남편은 의사를 향해 눈을 두고 있었다.

"수술 예약하겠습니다."

"결정하셨다면 내일 11시에 하는 걸로 합시다. 남편분의 용기가 대단하시군요."

예약을 마친 남편은 서둘러 병원 문을 나섰다. 말없이 남편의 뒤

를 따르던 이정은 가만히 자신의 배를 쓰다듬어 보았다. 셋째아이
와의 만남은 12월 중순이 될 것이다. 이정은 앞서 걸어가는 남편에
게 달려가 팔짱을 꼈다.
　"당신은 확률 백분의 일의 억세게 재수 좋은 사람이에요."
　남편은 그제야 굳었던 표정을 풀며 환하게 웃어 보였다.

# 따스하면서도 능청스러운 상상력

**문광영**

(문학평론가 · 경인교육대학교 교수)

늦가을이다. 산과 들, 예서제서 으악새 소리가 한창이다. 내가 어렸을 때 뽕짝 가사에 나오는 으악새는 무슨 참새와 같은 조류로 보았었다. 으악새, 곧 억새는 흔들리면서 풍화하고 그 결구는 환하다. 풍화의 운명이 무겁고 쓰라릴수록 그 모습은 가벼워지지만 내면의 운명은 결코 가볍지 않다. 아니 귓속을 파고드는 억새꽃의 환한 흔들림, 첼로의 음색 같은 편안함이 있는 것이다. 인생 후반의 초입에서 이제, 정이수의 언어는 억새꽃처럼 환하게 빛나고 있다. 2002년 그녀가 <월간문학>으로 등단했을 때, '호림'이라는 일식집에서 그의 상기된 표정과 기쁨의 언어들을 읽었던 적이 있다. 이제 그 언어들이 가벼움을 완성하고 성숙된 저음으로 다가와 마음을 훑어내고 있으니 나 또한 환해진다.

그녀가 말했듯이 자신은 지각 결혼을 했고, 자식 농사도 늦었으며, 여기에다 글쓰기도 대기만성 지각생으로 뒤늦게 글공부를 시작하였단다. 과연 뒤늦었을까. 조바심 가질 필요가 있을까. 뒤늦게 출발한 소설가 박완서를 보라. 얼마나 좋은 글을 쓰고 있는가? 시인 문인수가 그렇고, 시인 최정례가 그러하다. "이십 대의 톡 쏘는 겨자 맛의 글은 아니더라도 곰삭아 발효된 된장 맛 같은 글을 써보고 싶다"(「지각생」)고 했으니, 인생 후반에서야 글을 쓴다고 하여 누가 꼴찌라 하겠는가. 톨스토이도 70대에 만년의 역작 『부활』을 썼다. 맑은 영혼의 구도자적 삶을 농익게 그린 역작의 탄생 비결은 바로 삶의 연륜에서 비롯되는 것. 이제 정이수의 꿈은 이루어지고 있는 것이다. 인생 후반에 잘 풀릴 거라는 재물복은 아직 눈앞에 나타나고 있지 않지만 기름진 글밭에 하나님이 주신 달란트, 사유의 힘을 잘 가꾸어가고 있지 않은가. 미끈하게 잘 빠진 처녀와 같은 어여쁜 수필은 아니더라도 상처의 진솔한 아픔을 드러내는 만유관능의 재치, 사물을 관통하는 세심한 통찰의 눈, 무엇보다도 주정(酒酊) 같은 농밀한 감정을 소유한 그녀가 아닌가.

## 1. 아주 능청스러운 해학

우선 정이수의 글은 재미가 있다. 재미있는 글의 첫째 비결은 수필의 구성미에서 온다. 「그 놈은 멋졌다」라는 수필은 조각공원 산책기이다. 조각공원에 갔다가 만난 스테인리스강 재질의 벌거숭이로 된 인체 조각품을 본 듯한데, 앞부분에서 쉽게 드러내지 않고 호기심을 갖도록 능청스럽게 처리한 것이다. 특히 철심을 가진 차가운 재료의 조각품이 너무 멋진데도 불구하고, "여섯 여자들의 유혹에도 놈은 무표정으로 일관했다. 좀처럼 흥분하지도 않았다. 나는 놈의 강심장에 은근히 오기가 생겼다."고 해놓고 심벌을 한번 만져볼 수 있는 것임에도 용기를 내지 못한 망설임과 욕망의 아쉬움을 담은 내면심리가 고스란히 익살스럽게, 아니 진지하게 드러나고 있는 것이다. "스테인리스강의 차디찬 몸통에 피를 돌게 하고 심장을 뛰게 만들 수는 없는 것일까"는 곧 현실에 대한 그녀의 삶의 의지이자, 욕망의 표현이다. 조각품의 작품명인 「길」은 수줍음과 뻔뻔함 두 양극 사이에서 고민하며 살아온 필자의 인생여정 같은 것이다.

그의 작품 가운데 「가죽피리」는 방귀소리에 얽힌 이야기를 쓴 것인데 너무 익살스럽고 재치와 생동감 있는 필치로 다가온다. 목사님 앞에 무릎을 꿇고 두 손을 모으고 있는 필자, 목사님의 세상 사는 이야기와 설교가 시작되었는데, 그만 뱃속에서 특급 게릴라전이 벌어진 것이다. 필자의 표현대로 안간힘을 발휘하여 괄약근을 조절해 보아도 가스는 사정없이 밀고 내려오고, 목사님의 설교는 이어지고……, 난감한 상황이 벌어지고 있었던 것. 더 이상 참지 못하고 가만히 일어나 화장실로 가려는 찰나, 그것도 목사님의 안전에서 "헌금(獻金)도, 헌물(獻物)도 아닌 새 신자가 목사님께 드리는 헌취(獻臭)를 했다"고. 그렇게 만나자마자 목사님과 방귀를 트고, 이제는 주일날이면 성경책을 챙겨드는 예수쟁이가 되었다는 일화를 그리고 있다. 수필에서 종종 있는 자신의 결함이나 실수, 실패담(?)을 솔직하고 꾸밈없이 다루어 좋은 작품을 얻는 경우가 있다. 그런 예 중 하나가 바로 「가죽피리」가 아닌가. 솔직함은 글쓰기의 주 무기로 그 자체가 미덕일 뿐 아니라 작자의 심적 여유를 가져오게 되는데, 결국 이런 글들은 해학적인 글과 연결되는 것이다.

우정이란 이름의 끈끈막, 그 줄에 걸려든 이상 난 이제 아무리 발버둥을 쳐도 소용이 없다. 조용히 그녀의 언어행동을 주시할밖에. 성난 물건을 붙잡고 오줌발을 갈기는 홀아비의 생리현상을 리얼하게 묘사하다가도, 노부부의 애틋한 정을 뭉텅이로 그려낼 만큼 천연덕스러운 그녀! 그녀가 토해 놓은 글들을 눈에 핏발이 서도록 읽어가며 정을 나누는 수밖에.
- 「비 들어 좋은 날」 중에서

그녀의 해학적 필치와 위트는 비유문장에서도 드러난다. 위의 수필은 비가 오면 생각나는 문우에 대한 애정을 쏟아 낸 글이다. 비가 오면 전화를 걸어 우정을 나누는 모습이며, 문우에 대한 두터운 정, 서로간 찐득한 우정이 상대방의 역동적 사고와 성격에서 기인되고 있음을 알려 준다. 둘 사이가 부럽다. 역시 그녀도 수줍음과 뻔뻔함이 드러나는 성격인가 보다. "성난 물건을 붙잡고 오줌발을 갈기는 홀아비의 생리현상을 리얼하게 묘사하다가도, 노부부의 애틋한 정을 뭉텅이로 그려낼 만큼 천연덕스러운 그녀!"라고 한 비유를 끌어들인 부분에서는 웃지 않을 수 없는 것이다.

나의 평소 지론 중 하나가 문학 작품은 무조건 재미있어야 한다는 점이다. 문학도 언어예술인 바 상상력의 새로움과 더불어 즐거움을 수반해야 한다는 것. 서정적 감동도 좋고 통찰의 세계도 보여주면 좋지만, 모름지기 재미있는 일화로 벌어지는 시와 수필을 쌍수로 환영한다. 예부터 일소일소(一笑一少), 일노일노(一怒一老)라 하지 않았는가. 유모와 해학과 위트, 그리고 언어유희(pun) 등 웃음의 장치로 연결된다면 그 무엇도 좋다. 무한 경쟁의 세상사, 자기 뜻대로 안 되는 짜증나는 세상에서 스트레스와 긴장을 해소시켜 주는 수필이 있으니 얼마나 좋은가. 그래서 요즈음 웃음치료와 문학치료가 인기 절정이고, 경북의 어느 대학에는 문학치료 전공학과까지 설치되어 있다고 하지 않는가.

또 「꼴값」이란 수필은 기지(wit)를 넘어 언어유희의 통찰까지 보여주는 재치 넘치는 글이다. 그 내용은 이러하다. 그녀가 참여하고 있는 '소주 한 병'이란 소설 동아리 모임이 있는데, 일곱 명이 한 달에 한 번씩 모여 단편소설을 써 가지고 와서 합평회를 갖는다. 결코 7명을 넘지 않는데, 왜냐하면 소주 한 병의 양이 일곱 잔을

넘을 수 없기 때문이다. 합평회라는 것이 늘 작품의 약점을 끄집어
내서 비판하기 마련이지만 이 날 만큼은 한 해를 마무리 하는 송년
회 겸, 새해의 계획과 각오를 다짐하며 상대방의 장점과 칭찬하는
시간을 가진 것이다. 모두 A4 용지 다섯 장이 넘는 분량이었는데
본인에겐 '제발 잘난 척 좀 하고 살라'는 말이 돌아왔다나. 그런데
"잘난 척하며 살라는 그 말이 '제발 꼴값 좀 하라'라는 말로 들려
자꾸만 웃음이 나왔다"는 것이다. '꼴'이라 함은 '얼굴'이요, '글'의
형상이니, '글쟁이'로서의 "꼴(글)값"이라는 것. 제재를 소화해내는
재치가 보인다.

## 2. 정감적 상상력이 빚어낸 시적 이미지

그동안 이미지와 상상력은 시에서 필요한 것이지 수필에서 그
리 중요한 것이 못 되었다. 다만 어느 정도 시적 이미지를 차용해
오면 된다는 식이었다. 그렇게 간과해 버린 이유는 수필이 삶의 체
험을 기록하는 문학 양식으로 '사실'만을 중요시한 생각이 지배해
온 까닭으로 여겨진다. 그런데 무엇보다 수필문학의 힘이란 이미
지와 상상력에서 탄력을 받는다는 것이고, 이것이 없으면 재미가
없고 문학성을 담보하지 못한다는 사실이다.

「몽돌의 노래」는 정감적 상상력의 시적 이미지가 전편에 깔려
있는 수작에 속한다. 아마도 그녀가 거제도 몽돌해안에 갔다가 쓴
듯한데, 돌의 형상보다는 파도에 갇혀 벗어나지 못하고 차르륵 소

리 내는 몽돌의 처지에 몰두하여 쓴 글이다. 한 자리에 머물면서 파도에 휩쓸려 지내는 몽돌의 소리에서 필자는 팔순이 넘은 친정어머니의 처지를 연상해 낸다. 60여 년을 함께 했던 둥지를 떠나 콘크리트 아파트 숲에서 기거하는 친정어머니, 어머니는 당신이 살아온 고향이란 둥지를 그리워한다. 그래서 몽돌의 소리가 "나 좀 제발 담모랭이로 보내 줘"하는 어머니의 애원하는 소리로 들리는 것이다.

정말 돌들을 들여다보면 저마다 감춰온 비밀 같은 것들이 숨어 있다. 동그스름하게 닳아빠진 모양에서 기나긴 풍상의 세월이 보이고, 어떤 것은 물밑에서 이뤄온 꾸준한 흔적의 과거가 숨어 있다. 파도 소리를 따라 돌과 나누는 무언의 대화, 무수한 어머니와 아버지, 가족의 말 못할 침묵과 세상사의 애환은 물론 나아가 탈속의 의미를 들여다보게 한다. 정이수는 몽돌을 보고 이렇게 시적으로 표현한다.

파도와 몽돌이 만들어 내는 최고의 합주곡이었다. 내 귀는 고성능 안테나를 달기라도 한 듯 물밑에서 전해오는 음률을 빠짐없이 짚어 냈다. 눈도 덩달아 즐거웠다. 나의 시선을 잡아둔 그곳에는, 둥글납작하게 생긴 작고 예쁜 돌멩이들이 멍석 위에 널린 작두콩처럼 끝없이 펼쳐져 있었다. 그중 예쁘게 생긴 몽돌 몇 개를 주워 주머니 속에 넣었다.

－「몽돌의 노래」 중에서

「안개 속의 보리암」도 정감적 사색과 시적 문장의 미려함을 함께 볼 수 있는 작품이다. 안개비가 내리는 날 남해 금산의 보리암에 오르는 체험을 그린 것인데, 정감적 이미지로 내면의 상상력을 잘 발휘하여 드러내고 있다. 마치 대자연이란 탈속의 경지에서 교감이라도 시키는 듯 우리들을 망아체험의 세계로 몰고 가게 한다.

바람은 우산을 접으라 하고, 촉촉이 스미는 안개비는 얼굴을 간질이고, 머리카락을 차분하게 쓸어 내렸다. 바다를 품어 안고 금산을 휘돌아 온 작은 물 알갱이들이 소리 없이 온몸을 헤집고 들어왔다. 올올이 풀어낼 그 무슨 정한이라도 있는 것일까. 치밀어 오르는 속울음을 들키지 않으려 나직이 긴 한숨을 토해 보았다. 그렇게 얼마나 걸었을까. (중략) 선뜻 그 모습이 보이지 않는 것은, 먼 길 마다않고 달려온 나의 들뜬 마음을 다독이기라도 하려는 것인지. 아니면 아름다운 비경에 가슴 데이고, 눈이라도 베일까 봐 염려스러웠던 것인지. 한눈에 볼 수 없는 것에만 안달하며 경내에 들어서려는데, 발길을 잡아채는 소리가 있었다. 저녁 예불을 알리는 타종소리였다.

– 「안개 속의 보리암」 중에서

조금 인용이 길다. 하지만 읽다 보면 안개에 싸인 보리암, 금산의 허리를 감고 도는 작은 물 알갱이 소리를 듣는 듯 하고, 화자의 심리며 그곳 주변의 비경에 빠져들게 한다. 묘사된 안개는 문득 이성계(李成桂)가 조선을 개국한 그 영험에 보답하는 뜻으로 산 전체를 비단으로 덮었다는 錦山의 이미지로 보이기도 하고, 이성복의 시 「남해금산」에 적힌 애절한 사랑의 혼령이 읽히기도 한다.

기행수필은 새로운 견문과 사색, 현재의 시공간에서 벗어나는 해방감을 맛볼 수 있다는 점에서 언제나 신선한 충동을 안겨 준다. 그래서 대개의 수필가들은 견문에 충실한 나머지 사실(fact)에 치중하는 경우가 허다하다. 그러나 정이수의 수필은 그런 매너리즘을 멀리한다. 자기만의 정취나 감흥에 도취되지 않고 나름대로의 정감적 상상력과 함축적인 묘사로 독자들을 끌어들여 생동감 있게 체험시킨다.

## 3. 남다른 사색과 통찰의 깊이

내가 수필을 좋아하는 이유는 딱 한 가지, 수필 문학만큼 작가의 내면을 속속 드러내는 장르가 없기 때문이다. 수필만이 자기 고백적이고 체험적 사실이 드러나기 때문에 나는 늘 호기심을 가지고 작품을 대한다. 읽다 보면 당사자의 인격이나 인품, 교양, 취미 등을 알 수 있고, 삶의 방식이나 생각의 깊이에서 자양분을 얻게 되는 것이다. 또한 그러한 내밀(內密) 속에서 내가 생각하지 못한 상상의 즐거움이나 감동 또한 맛보게 된다.

「월요일 풍경」은 우리 도시사회의 뒷골목, 소시민으로 살아가는 노점 책장수의 애환을 그려내면서도 작자의 평소 생활의 지혜를 읽을 수 있어 감명 깊게 읽힌다. 생활의 지혜란 무슨 거창한 횡재수를 얻기 위한 요술방망이 같은 묘방이 아니라 사소하고 조그마한 일상에서 보람 있는 삶을 발견하는 슬기로움이다. 월요일이면 어김없이 나타나는 노점의 책장수가 그녀에게는 삶의 충전소가 된다. "내게 있어 월요일은 한 주를 시작하며 수직의 상승곡선을 그리는 비 온 뒤 맑음 같은 그런 날이었다. 그를 만난 날부터"(「월요일 풍경」)로 시작되는 앞부분에서는 파닥이는 물고기와 같이 생동감을 발견한다. 또 이 글은 수필이 사색과 통찰의 깊이에서 오는 것임을 여실히 증명해주고 있다.

내가 낡은 책 한두 권을 골라 선심 쓰듯 내민 몇 푼이 그에게는 한 끼의 양식이 되었던 것이다. 내가 재미로 때론 지적 만족을 얻기 위해 천삼백오십 그램 정도의 작은 뇌 일부분을 채워갈 때, 그는 허기진 뱃속에 뜨거운 라면 국물을 들이붓고 있었다니!  책을 사들고 돌아오는 발걸음이 자꾸만 허방을 딛는 양 휘청거렸다.

- 「월요일 풍경」 중반부

「짚풀사랑」도 제재를 되새김해서 소화하는 사색의 깊이가 돋보인다. 볏짚 곧 지푸라기를 놓고 아래 인용과 같이 자신과 동일시하는 성숙한 자아통찰 의식을 드러낸다. 곧 인생의 반을 훨씬 넘은 자리에서 낟알을 털어낸 지푸라기로서 귀하게 쓰임을 받을 수 없느냐하는 것이다. 소중한 것을 묶을 수 있는 새끼줄도 좋고, 마지막엔 거름이 되어서라도 소임을 다하겠다는 것, 그야말로 얼마나 소중한 심성인가.

용도에 따라 소의 겨울 양식인 여물이 되기도 하고, 손뿌리 여문 사람에 의해 다듬어지면 둥그미나 멍석처럼 생활도구가 되기도 한다. 그네처럼 놀이기구가 되는가 하면, 제웅으로 태어나 액막이 역할을 하기도 한다. 버려지면서까지 거름이 되어 소임을 다하는 것이 지푸라기다. 그야말로 버릴 것이 하나도 없다. 꽃을 피우거나 열매를 맺는 것으로 소임을 다하는 과실나무에 비하면 낟알을 털어 낸 지푸라기의 노년은 화려하기만 하다.
- 「짚풀사랑」 중에서

사색의 깊이는 중수필격인 「숫자놀이」에서도 그 일면을 읽을 수 있다. 어느 수학자에 의하면 이 세상은 숫자로 되어 있는 완벽한 조형물의 세계라고 한다. 그러니까 조형을 이루는 그 기본 공식에 수치가 자리하고 있다는 것. 가령 솔방울을 둘러싸고 있는 기하학적 조형의 수와 각질의 씨들, 40여 리나 되는 인천대교의 교각이나 중앙 현수교를 지탱하고 있는 케이블의 강철심의 구조, 정자와 난자 등의 공간 입자도 그러하고 시, 분, 초 단위의 시간적 개념도 그러하다. 인간적 삶을 지탱하고 있는 욕망의 대상들 곧 돈이나 지위, 여자 등 또한 이런 숫자 놀음이 아닌가. 그래서 정이수는 말한다. "더하고 빼고, 나누고 곱하고, 사람들은 일생을 사는 동안 수와 더불어 희로애락을 같이 한다"고 전제하고, 아들 성적 올리기가 그렇고, 아파트 평수, 저금통장의 돈이 그러해서 알량한 자존심과 체면치레를 하느라 헛되이 보낸 시간이 많다는 것이다. 역시 숫자인 나이 50이 된 지천명(知天命)에 섰는지 "지금까지 더하기에 비중을 두고 숫자놀이를 하였다면 이제부터는 덜어내고 비워내는 빼기 연습을 하면서 살겠노라"는 자기반성적 통찰에 박수를 보낸다.

## 4. 도망칠 수 없는 가족사의 애환과 솔직성

그녀의 수필 공간은 회상적 공간이거나 현실 공간, 혹은 자연인 경우가 많다. 회상적 공간은 철부지였던 어린 시절의 회억이 녹아 있다. 소중하고 그리운 자아정체성의 아름다운 고향으로 그려지고 있는 것. 죽마고우가 있고, 알토란 같은 회억이 담겨 있는 시절을 그녀는 '추억의 곳간'이라 명명했다. 예닐곱 살 먹었을 때 세 살 터울인 동생이 아버지의 그림자를 보고 "아부지 대가리"라고 하자, "아부지 보구 대가리가 뭐냐 대가리가! 대갈님이지."라고 했던 화자의 경험담이 살아 있는 수필 「대갈님」은 그야말로 폭소를 자아낸다. 대갈님 이야기는 형제들이 모이면 단골 메뉴로 등장하는 이야기란다. 유년의 역사가 고스란히 담겨 있는 그녀의 고향 여주, "쟁여진 기억들을 들추다보면 올올이 풀어져 나온다"고 하는 그곳은 가족사의 신화가 꿈틀거리는 마음의 고향이자, 현재의 삶을 재

충전하는 원천인 셈이다. 종갓집 장손이 집과 전답을 잃고 매일 술로 보냈던 아버지의 마음을 철부지 딸이 어찌 이해할 수 있겠는가. 아마도 호랑이 같던 아버지가 빨리 돌아가셨으면 좋겠다고 생각한 것도 무리는 아닐 것이다. 그 화답을 그녀는 16년 전 돌아가신 아버지에 대한 따뜻한 회억을 그린「부칠 수 없는 편지」를 통해 심금을 울려준다.

첫아이 현우를 낳고 얼마 후의 일인데요. 울며 보채는 아이 때문에 쩔쩔매는 딸이 안쓰러우셨던지 '내 걱정은 하지 말고 애나 잘 보거라'하시며 때늦은 점심으로 자장면 한 그릇을 말없이 비워내시던 아버지!  철없던 그 딸이 이제 불혹의 나이를 넘어 자장면을 먹을 때면 가끔 목이 메이는 까닭을 아시는지요?  따뜻한 밥에 아버지께서 좋아하시는 반찬을 만들어 약주라도 한 잔 올리고 싶은데, 경치 좋은 곳을 찾아 함께 여행이라도 떠나고 싶은데, 어디에도 아버지는 안 계십니다.
－「부칠 수 없는 편지」중에서


결국 그렇게 아버지는 울화병인지, 가슴앓이인지는 몰라도 몇 년을 버티지 못하고 암으로 돌아가신다. 이 부분에서 정이수는 특유의 감각으로 이렇게 그려낸다.

애써 가꾼 벼가 익어가기 시작하는 초가을, 아버지는 그 벼들보다 먼저 고개를 숙이셨다. 소유했던 것은 물론이고 사랑하는 가족들을 남겨두고 평생을 함께 했던 흙으로 그렇게 돌아가셨다. 가시고 난 뒤, 벼를 베고 난 마른논에는 군데군데 아버지의 흔적이 남아 있었다. '이백오십오 밀리' 자그만 아버지의 발자국만이……

- 「아버지의 발자국」 중에서

슬픔과 정한의 그리움이 녹아 있는 표현이다. 벼들보다 먼저 고개를 숙이고 돌아가신 아버지, 벼를 베고 난 마른논에는 군데군데 '이백오십오 밀리 자그만 아버지의 발자국만이 남아있다'라고 한 표현에서 어느덧 아버지의 흔적이 움푹 패인 마음의 발자국으로 자란 효심을 읽게 되는 것이다. 아버지에 대한 그리움이 서린 고향집, 그 언저리엔 그의 가족사도 함께 뒤엉켜 있는 곳으로 한 올 한 올 소중한 기억이 살아 있는 곳이다.

과거에 머물렀던 회상적 공간은 현재는 물리적으로 존재할 수 있으나 이제는 갈 수 없는 곳이다. 과거와는 너무나 달라졌거나 사라진 고향. 대개 회상적 공간을 그릴 경우 당면한 현실이 바람직하지 않게 그려지는 경향이 많은데, 그녀는 매우 긍정적이고 삶의 열망에 차 있다.

정이수의 수필에서 가족사의 애환적 회억과 함께 드러난 것이 있다면 선천성 솔직성이다. 이런 점에서 수필 쓰기는 소설 언어와는 확연히 구분된다. 소설의 언어는 천민의 속어(俗語)에서부터 교양인의 배덕(背德)적 언어에 이르기까지, 제약이 없어 자유분방하다. 그러나 수필의 언어는 1인칭 문학으로 솔직성을 담보로 하는 자기 현시적, 고백적, 인격적인 글이므로 언어 자체에서부터 선택적 제약을 받게 된다. 또 수필 문장은 감정을 절제해야 하고 걸러내야 하며, 자기 말이기 때문에 소설의 대화처럼 거칠어서도 안 된다. 그런 점에서 수필 작가는 진실해야 하며 자신을 드러내는 남다른 용기가 필요하다고 본다.

여기에 비추어 정이수 작가는 어떠한가. 우선 그의 글 속에서만큼은 성정(性情)이 외유내강의 과감성이 있고, 솔직하며, 부끄러움이 없다. 드러내어 놓을 것은 모두 드러내어 치부까지 고스란히 드러낸다. 「아버지의 발자국」이 그렇고, 「가죽피리」가 그러하다. 또한 관행(慣行)의 세속을 초월하는 작가 특유의 겸손도 보여주는데, 「숫자놀이」가 그렇고, 「지각생」, 「경력 보태기」와 같은 작품이 그러하다.

가령 「심(心)봤다」라는 작품은 자기의 성격적 측면을 그린 작품이다. 제목이 재미있어 나는 이 제목이 주는 연상으로 산에서 무슨 산삼을 발견하여 횡재를 하고 썼는가 싶었는데, 사람과 더불어 사는 데 있어 처세가 어렵다는 내면을 드러낸 아주 무거운 수필이다. 타인의 마음밭을 들여다보기는 쉽지 않고, 자신은 곧잘 표정이 드러난다는 얘기다. 이런 글은 체험담이거나 서정적 수필에도 이르지 못해 자칫 실패작이 되기 쉽다. 다만 자신의 결함을 드러내는 고백적인 부분이 있어 다행스럽다. 곧 표정관리를 못해 쉽게 감정을 노출하는 얼굴, 거기에 급한 성미, 감정이 솟구치는 대로 말하는 행동 등 오해를 사는 일이 많이 있다는 것, 필자는 이를 '친정아버지를 쏙 빼닮은 급한 성격'때문이라고 평정한다. 결구가 좋다. '오늘도 한 권의 책을 읽듯이 가까운 사람들의 마음을 읽어 나간다.'고.

## 5. 곰삭은 결구처리의 주제 의식

정이수의 수필도 역시 짤막한 글들이 많다. 단아한 표현과 절제된 언어가 빚어내는 세련미라고나 할까. 일상사가 빚어내는 하찮은 체험인데도 불구하고 삶의 중심부를 관통하는 소박한 사상과 감정이 농축되어 있고 여운 또한 좋다. 특히 여기에 생명적 주제를 효과적으로 부각시키는 재기가 넘친다. 짧게 글을 쓰다 보니 그의 글머리 쓰기는 단도직입적으로 이루어지는 것이 많다.

수필에 있어 주제는 작품의 성공여부를 결정 짓는다. 바로 독자를 움직이게 하는 힘은 글 속에 녹아 있는 작자의 정신인 주제의식이다. 주제의 구현은 같은 대상이라 할지라도 작자의 시각이나 인격에 따라 달라진다. 이는 곧 소재와도 연결되는 바, 가령 글의 재료가 되는 소재를 바라보는 방식에 있어 가시적으로 겉만 보는 사람이 있는가 하면, 보이지 않는 내면까지 보는 사람이 있다. 이것은 시인이 소재를 정하고 중심이미지를 잡는 것과 같은 것이다. 문제는 시나 수필에 있어 모두 후자를 어떻게 처리하느냐가 관건인 것. 그러니까 글의 재료에서 비롯된 심상으로의 확대는 물론, 생명력이나 통찰의 정신, 의미부여 등의 정도에 따라 수필의 주제는 천차만별 달라지는 것이다.

그녀의 주제 의식은 서두의 글쓰기부터 남다르다. 이 얘기는 주제를 부각시키기 위하여 수필에도 플롯을 적용한다는 점이다. 그 예로 「심(心)봤다」에서 보면 '일기예보 예측'이라는 화두로 시작하여 '오늘도 책을 읽듯 가까운 사람들의 마음을 읽어 나간다'로 끝을 맺고 있는데, 의식적인지는 모르나 치밀한 구성을 보이고 있는 점이다. 여식으로서 부정(父情)을 그린 「아버지의 발자국」에서도 그렇다. 서두에서는 "제사를 지내는 동안 내내 아버지는 나만 바라보고 계시는 것 같았다"라는 표현으로 자식 사랑의 정을 암시한다. 이것이 결말 부분에서는 자연물에까지 교감, 치환시키는 시적 묘사로 주제의식을 부각시켜 나간다.

때마침 불어오는 바람이 묘소 뒤편에 있는 밤나무 가지를 흔들어댔다. 모진 비바람을 견디어 낸 밤송이들이 가슴 가득 아람을 품고 있다. 여문 밤을 품고 있는 오래된 밤나무의 모습, 그것은 고된 농사일에도 끝까지 고향을 지키시던 아버지의 자랑스런 모습은 아닐는지.

- 「아버지의 발자국」

작고한 아버지에 대한 정한의 그리움을 필자는 "모진 비바람을

견디어 낸 밤송이들이 가슴 가득 아람을 품고 있다"로 의인적 묘
사로 애절하게 표현하고 있는 것이다. 얼마나 아름다운 마음인가.
「짚풀사랑」에서도 끝마무리는 인상적이다. 이 작품은 작자가 정월
대보름 행사에서 새끼꼬기 자원봉사를 하고 난 뒤 쓴 글인데, "새
끼처럼 끈이 되어 내가 사랑하는 모든 것을 묶을 수 있는 끈이라
도" 되어 보겠다는 결구처리로 이루어진다.

그런 점에서 정이수는 주제를 만들어 내는데 있어 매우 능란하
다. 그가 만들어내는 작품의 주제는 대개가 우둔한 자신이거나 과
거회상의 뉘우침이거나 나약한 자신, 혹은 실수를 저지른 일에서
더욱 부각된다. 「무 경력자의 변」에서는 우둔한 자신을 그린 작품
이고, 「아버지의 발자국」이나 「부칠 수 없는 편지」는 과거회상의
그리움과 뉘우침으로 자기반성적 고백의식이 드러나 있고, 「가죽
피리」나 「대갈님」은 실수를 저지른 제재로 해학과 유머적 주제가
깔려 있는 작품들이다. 뿐만 아니라 그는 조그만 일상사의 경험에
서도 통찰의 주제를 이끌어 낸다. 이에 해당하는 작품은 「월요일
풍경」이나 「안개 속의 보리암」이 그렇고 「마음밭 가꾸기」, 「희망
25시」, 「짚풀사랑」이 그러하다.

그녀의 글 속을 들여다보면 삭혀져 잘 익은 술항아리를 만나는
착각에 빠진다. 생활의 깊이가 잘 발효된 누룩 향내에서 빚어진 명
쾌한 언어의 군집들이 농도 짙은 정한을 보여주고 있는 것이다. 이
는 평소 그의 생활 철학인 소박하고 정직하게 살아가는 삶의 고매

한 품격에서 비롯된다. 높은 경지가 아니라, 물의 속성처럼 낮은 데에서 임하는 자세와 태도, 이것이 그의 수필 만들기의 비밀이다. 여기에 심오한 사상이나 해박한 지식이 있는 것이 아니고, 탁월한 수사법이나 미문(美文)을 동원하여 꾸며 쓰는 편은 더욱 아니다. 소박한 진솔성이 뿜어내는 곰삭은 삶의 향기라고나 할까.

요즈음 학생들은 중·장편의 소설은 즐겨 읽지 않는다고 한다. 왜냐하면 지루하고 깊은 생각에 빠지기가 싫다는 것일 게다. 아니 어쩌면 소설 장르보다는 눈으로 한번 휙 훑어보는 영상물과 만화 등 시각적인 인지에 능숙해져가기 때문일 것이다. 그래서 그런지, 문예지의 소설이나 수필의 분량이 짧아지는 경향을 보이고 있다. <샘터>나 <좋은 생각>에 나오는 수필들의 경우 5~6매를 넘는 것이 별로 없다. 피천득의 「오월」이나 윤오영의 「달밤」을 닮아가는 것일까.

정이수의 수필도 역시 짤막한 글들이 많다. 단아한 표현과 절제된 언어가 빚어내는 세련미라고나 할까. 일상사가 빚어내는 하찮은 체험인데도 불구하고 삶의 중심부를 관통하는 소박한 사상과 감정이 농축되어 있고 여운 또한 좋다. 특히 여기에 생명적 주제를 효과적으로 부각시키는 재기가 넘친다. 짧게 글을 쓰다 보니 그의 글머리 쓰기는 단도직입적으로 이루어지는 것이 많다. 이런 점이 정이수 수필의 주제와 관련된 형식적 특성이다.

정이수의 수필을 따라 읽으며 나 나름대로의 평을 늘어놓았다. 과연 작품 정신의 꼭대기를 말하고 있는지 모르겠다. 첫 번째 수필집은 내는 것만으로도 영광스러운 것. 부지런한 심성이라 두 번째 수필집이 곧 나오겠지만, 수필에 국한하지 말고 요즈음 습작하고 있는 소설에도 힘을 기울였으면 좋겠다.

문자메시지 길을 잃다

2009년 11월 25일 1판 1쇄 발행

지은이 · **정이수** | 발행인 · **이선우** | 펴낸곳 · 도서출판 **선우미디어**
등록 | 1997. 8. 7  제300-1997-148호
110-070 서울시 종로구 내수동 75 용비어천가 1435호
☎ 2272-3351, 3352 팩스: 2272-5540 sunwoome@hanmail.net

Printed in Korea ⓒ 2009. 정이수

값 10,000원

※ 잘못된 책은 바꿔 드립니다.
※ 저자와의 협의하에 인지 생략합니다.
※ 이 책은 인천문화재단에서 일반공모 지원사업의 지원금을 받아 제작하였습니다.

ISBN 89-5658-229-7  03810